HAYMON taschenbuch **69**

Auflage:
7 6 5 4 3 2 1
2017 2016 2015 2014 2013 2012 2011

HAYMON tb **69**

Ungekürzte Taschenbuchausgabe
Haymon Taschenbuch, Innsbruck-Wien 2011
www.haymonverlag.at

Originalausgabe: Wieser Verlag Klagenfurt/Celovec 1996

ISBN 978-3-85218-869-0

Umschlag- und Buchgestaltung, Satz:
hœretzeder grafische gestaltung, Scheffau/Tirol
Coverfoto: dorkau_photocase.com
Autorenfoto: Karl-Heinz Ströhle

Gedruckt auf umweltfreundlichem,
chlor- und säurefrei gebleichtem Papier.

Sabine Gruber

Aushäusige

Sabine Gruber

Aushäusige

Für Annemarie Monauni Gruber
und
Franz Thomas Meisl

Erstes Kapitel

1

Jetzt, sagt sich Rita, wird der Moment kommen, jetzt beugt er sich über den Tisch, streift das Gedeck, der Teller mit den Fischgräten wird umkippen, da stülpt Ennio seinen Körper bereits über die Tischplatte, greift nach dem Radio, dreht von einer Frequenz zur anderen, bis er den sonntäglichen Sender empfängt, die Tor- und Abseitsstimmen ihr neuerliches Warten einleiten. Erst nach abgepfiffenem Spiel darf sie ihre Hilfestellung verlassen, sind Gläser und Teller wieder in Sicherheit, wird weitergedreht oder abgeschaltet.

Obwohl sie hofft, er würde den Raum verlassen, bleibt er vor ihr sitzen, die Hände in Betstellung auf Kinnhöhe, den Kopf auf den Daumenkuppen ruhend, und als gäbe es sie gar nicht, als kehrten die Speisereste von selbst in die vorgesehenen Schränke zurück, starrt er ohne Unterlaß auf die Bierflaschen, die trotz wiederholten Zuschlagens der Kühlschranktür nicht aus seinem Gesichtskreis verschwinden. Rita dreht ihm den Rücken zu, wirft einen Topf ins Spülbecken, legt die Teller laut aufeinander. Mit der Zeit hört sie auf, ihn herauszufordern. Seine Schultern haben etwas Hängendes bekommen, zucken verächtlich, wenn sie ihn anschaut. Ennio kann Fragen und Antworten nicht mehr auseinanderhalten, äußert Zweifel und Befremden, indem er die Augen verdreht, Mund

und Wangen bewegt, immer seltener in verständlichen Worten, Sätzen. Er drückt einen Fingernagel ins Holz, wippt mit den Beinen auf und ab, bis ihr das Schaukeln, das Rütteln der Bank zuviel wird, sie verärgert nach seinen Beinen greift: Hör auf damit, ich halt' dich nicht aus.

Rita bleibt keine Zeit für Vorhaltungen, da steht Ennio schon auf, fällt, als würde er ihrem Blick nicht standhalten, nach vorne, um gleich wieder zurückzufedern, um sich bei ihr abzustoßen, bei ihr Kraft zu holen für die Strecke zwischen Küchentisch und Schlafzimmer, die er nur mit Mühe, die Beine steif hinter sich herziehend, gegen Möbel und Türpfosten schlagend, zurücklegt.

Allein, zwischen den Stühlen, denkt sie daran, wie es wäre, wenn sie statt der Zeit, der Jahre, ihn totschlagen, vorsätzlich und heimtückisch auf ihn einschlagen würde, bis der Kopf auf die Brust fiele, zum letzten Mal zuckte. Sie würde noch einmal, befreit von diesem sich langsam zersetzenden, andauernd nach Fisch riechenden Körper, einen Vorstoß ins Leben wagen. Doch noch während Rita Ennio in die Erde denkt, steigt er schnarchend zurück ins Leben: der Betthügel bewegt sich, sein Fuß bohrt sich neben Stiefmütterchen und Chrysanthemen ins Freie. Eine Vase kippt, eine Kerze hört auf zu flackern.

Als Rita auf Zehenspitzen das Haus verläßt, ist es bereits dunkel. Sie biegt in die falsche Gasse, sieht sich um: Unter dem Licht eines Hauseingangs machen sich Katzen über den Müll her, aufgerissene Säcke säumen ihren Weg. Wenig später steht sie vor der Bar, sucht die Umrisse eines Körpers vor der Theke. Allein würde sie das Lokal niemals betreten, wäre sie den Blicken nicht gewachsen. Da sie Schritte hört, wendet sie den Kopf in Richtung einer Sackgasse und wühlt in der Tasche. Zur verabredeten Zeit quietscht die Tür, sie geht ein paar Schritte vor, er folgt ihr, ohne sie anzusprechen. Wer hinter ihm nachkommt, sieht Ritas Beine zwischen den seinen, sein riesiger Schatten scheint sie von hinten einzufangen, seine kräftigen Schritte bestimmen ihre Gehgeschwindigkeit. Die Stufen der letzten Brücke nimmt er in wenigen Sätzen und bringt sie so aus dem Rhythmus. Sie hat die Nische des Sotoportego kaum erreicht, da hängt sein Gesicht schon über ihr, sein Griff ist sein Gruß. Er holt einen Schlüsselbund aus der Hosentasche, hält ihn schüttelnd vor ihr Ohr und fordert sie auf, ihm nachzugehen.

Der Pächter ist ein Kunde meines Mannes, sagt Rita. Sie findet den Ort geschmacklos, fügt hinzu, er erinnere sie an Ennio, alle hier verspeisten Fische seien auf seinem Boot, in diesem schwimmenden Schlachthaus zugrundegegangen. Noch während sie spricht, ihre Augen hinter der verglasten Kühlschranktür nach Fischleibern suchen, drückt er sich an sie. Ihr Blick bleibt an den längst verendeten Heuschreckenkrebsen hängen.

Zuhause, denkt sie, schießen jetzt die Beregnungsanlagen Waalwasser über die Felder, jeden zweiten Montag des Monats steht die Hasenwiese oberhalb des Dorfes unter Wasser. Hier wird der Efeu gelb und der Schnittlauch will erst gar nicht wachsen. Auf der Hasenwiese bin ich das erste Mal geküßt worden, die fertige Liebe im Kopf, an der ich auch später alles maß. Später schlugen die Golden Delicious über Martins Auto zusammen, und mit derselben Rücksichtslosigkeit, mit der er das Vaterauto auf den holprigen Traktorenspuren in die Apfelwiese manövrierte, fuhr er zwischen meine Beine. Nachdem er gekommen war, kramte er ein Papiertaschentuch zwischen den Straßenkarten aus dem Handschuhfach und putzte am Ledersitz herum.

Aldo schiebt die Brotkörbchen zur Seite, fällt wortlos auf Rita. Sie ist erschrocken vor ihren eigenen Bewegungen, kommt ihm entgegen, statt sich von ihm wegzudrehen, spielt mit, hält sich hin. Auf dem Heimweg zappeln die Krebse vor ihren Augen, und was von ihm noch da ist, rinnt warm an den Beinen herunter.

Rita tut mehrere Arbeiten gleichzeitig. Weil sie überall zugleich ist, weiß sie nicht mehr, wo ihr der Kopf steht. Sie ist so schlecht organisiert, daß sie in Zeitnot gerät. Gleich schließen die Geschäfte, und sie hat noch nicht eingekauft. Es kommt ein Gewitter, aber die Wäsche hängt ungeschützt im Freien. Sie weiß, was zu tun ist, damit sie zumindest zeitweilig vor sich selbst wichtig erscheint, wie die anderen keine Zeit hat, wie die anderen beschäftigt ist. Nicht das, was sie tun möchte, nimmt sie in Anspruch, sondern das, was sie für andere tun kann.

Sie bekocht Ennio, öffnet die Tür, wenn er nach Hause kommt. Sie faltet den Pyjama und legt ihn unter das Kopfkissen. Abends schlägt sie die Decke zurück. Gegenstände, die nicht ins Auge fallen, verrückt sie so, daß sie stören: sie stellt eine Vase mit Dahlien auf den Nachttisch, legt die Wäsche ins Waschbecken. Manchmal wirft sie wichtige Zettel weg oder frischen Fisch, trägt Anzüge unaufgefordert in die Reinigung, bringt alles in eine neue Ordnung. Dieser nur für Rita übersichtliche Zustand ist für Ennio unerträglich. Das Unvorhergesehene ist ihre Waffe, so macht sie auf sich aufmerksam; und sind es auch nur Unmutsäußerungen: sie wird angegriffen, sie ist.

Als Rita Ennio die Treppen heraufkommen hört, wirft sie die Nudeln ins Wasser. Er setzt sich an den Tisch, ohne sie zu grüßen. Sein Hemdkragen zeigt Schweißränder, wenn er seinen Kopf neigt, sein Hals vibriert, als er zu sprechen beginnt. Wo ist das Salz? Da sie ihm nicht sofort den Salzstreuer reicht, schreit er sie an. Ihr wird klar, daß er weiß, daß jemand etwas gesehen haben muß. Er nimmt den Salzbehälter, schüttet den Inhalt über die Schultern nach hinten. Mitten im Essen, während ihre Augen den Nudeln folgen, die ihm von der Gabel rutschen, befiehlt er ihr, sich die Schuhe anzuziehen. Geh mir aus den Augen, sagt er. Und: Warte draußen auf mich, bis ich fertig bin.

2

Jeden Mittag dieselbe Runde: Maresch nimmt den „Kurier“ vom Stapel, legt zehn Schilling auf den Tisch, bedankt sich nicht, sagt nie: guten Tag, auf Wiedersehen. Kein Handschlag, kein Zunicken, nicht einmal ein Blick; dann aber Begrüßungs- und Abschiedsküsse auf beide Wangen, wenn Simonitsch das Restaurant betritt. Man küßt, wen man für salonfähig hält. Er taucht das Frankfurter Würstchen in den Senf und nimmt mich wieder einmal zum Anlaß, um von Italien zu schwärmen. Alle lieben sie Italien, vielmehr was sie für Italien halten: die Toskana, Venedig, das kaltgepreßte Olivenöl, den Segafredo. Wenn ich eine Melange bestelle, schütteln sie den Kopf.

Ob ich von Rita. Ich lenke ab, Denzel kommt zu Hilfe, setzt sich, schnorrt eine Zigarette. Er raucht ununterbrochen, als müsse er sich mit jedem Feuerzeug, das er sucht, mit jedem Anzünden, zusätzliche Fristen schaffen, kurze Überlegungspausen. Er gähnt nie, bricht nie in Gelächter aus, verliert nicht die Beherrschung, auch wenn man seine Artikel kritisiert, ablehnt.

Ich möchte mich auf die schmale Bank legen, die Hände hinter dem Nacken verschränkt, die Beine ausgestreckt.

Wie sag’ ich’s ihnen, daß ich heute früher weggehe. Redigieren kann Denzel auch, so lernt er schneller, was er in Zukunft zu unterlassen hat. Pucher nannte ihn gestern einen „Analphabeten der Zeitungssprache“, weil er den Euphemismen-

Jargon noch nicht beherrscht. Er schrieb tatsächlich „Bombenabwurf" anstelle von „militärische Operation". Man schleust ihn durch alle Büros, damit er die Tabus kennenlernt, er aber bewahrt sich aus Naivität oder Starrköpfigkeit – ich durchschau ihn nicht – seine Spontaneität, schlägt in seinen Berichten wild um sich und schweigt schließlich, wenn der Ressort-Leiter erst stirnrunzelnd freundlich, dann laut die Gefährlichkeiten seiner Sprache erläutert.

Simonitsch steht auf, trägt wieder einmal schwarze Netzstrümpfe und ein Kleid, das knapp unterm Hintern endet. Maresch versucht ihr senfverschmiert schöne Augen zu machen. Beide haben im Gegensatz zu Denzel längst verstanden, daß Journalismus eine Möglichkeit ist, den Lebensunterhalt zu verdienen, so wie Würstchenverkaufen oder Erdäpfelrösten. An großartige Neuerungen innerhalb ihrer Abteilungen ist nicht mehr zu denken. Nur die dummen Denzels glauben noch, sich austoben zu können.

Hör zu, ich hab' eine Verabredung. Simonitsch dreht sich sofort um, kehrt zu unserem Tisch zurück, legt kollegial eine Hand auf Denzels Schulter und grinst mich an.

3

Ennio überquert den Campo S. Giovanni e Paolo, dreht sich immer wieder nach Rita um, treibt sie an. Sie stöckelt schweigsam hinter ihm her, geht, als wäre sie es nicht gewohnt, Absätze zu tragen: bei jedem Schritt knicken die Knie ein, das Becken kippt nach vorne, gleichzeitig fällt der Oberkörper nach hinten, um durch Gewichtsverlagerung ein Nachvornesinken auszugleichen. Sie balanciert, gerät ins Stolpern, als sie nach den Fondamenta Dandolo eine kleine Brücke erreichen, unter ihnen das schmutzig-trübe Wasser. Warum gehe ich hinter ihm her, fragt sich Rita, er ist nicht betrunken genug. Mein schlechtes Gewissen schüchtert mich ein. Wenn ich Angst habe, ist das Glück immer woanders oder es kehrt dorthin zurück, wo ich lange Zeit mein Unglück vermutete. Ich könnte die Koffer packen, dem Wasser den Rücken kehren. Seine Mutter fände sich bestätigt.

Vor dem Fahrkartenschalter an der Anlegestelle Rialto steht eine Schlange wartender Japaner. Rita macht sich einen Spaß daraus, ihnen von hinten kommend in die Kamera zu laufen. Sie stellt sich vor, wie ihr Kopf auf einem Bildschirm in Tokio oder Osaka auftaucht, ein diffuses Braun zwischen weißem Brückenmarmor und Marktgewimmel.

Ohne eine Erklärung zu verlangen, steigt sie hinter Ennio in die 1er Linie, folgt ihm trotz Schwüle in das Innere des Schiffes. Sie unterdrückt ihre Unruhe, indem sie vor jeder Anlegestelle die Zahl derer zu erraten versucht, die das Schiff verlassen werden. Ennio macht bis zur Endstation keine Anstalten auszusteigen.

Auf dem Lido, vor den billig hochgezogenen Sommerhäusern, springt Ennio in ein Taxi, wieder wortlos, wieder den Befehlsblick, der keine Widerrede duldet, auf Rita gerichtet. Via A. Manuzio, sagt er knapp und blättert in einem Werbeprospekt, das er beim Einsteigen vom Rücksitz aufgehoben hatte. Wohin, würde sie ihn am liebsten anschreien, doch weil sie hofft, diese außergewöhnliche Taxifahrt würde alltäglich enden, und ihr Verdacht, er wisse, könnte sich als Irrtum herausstellen, hält sie sich zurück, um seinen Argwohn nicht durch Ungeduld zu bestätigen.

Aldo, erinnert sie sich den weißen Punkten folgend, hat das vorletzte Mal von den verschiedenen Möwen gesprochen, von den Lach-, Fisch- und Speckmöwen, doch die Unterschiede hat sie aus dem Gedächtnis verloren, stattdessen muß sie an Ennio denken: Als Kind ist er zum Möwenauffädeln aufs Meer hinausgefahren. Er und seine Freunde haben Fischgedärme an Anglerhaken befestigt und ausgeworfen, haben gewartet, bis die Möwen anbissen, um dann den Motor zu starten und loszubrausen. Durch den abrupten Start hätten sich die Meervögel an den Haken aufgespießt, seien aus dem Wasser gezogen worden und am Ende mit steigender Geschwindigkeit immer höher über dem Boot geflattert. Die Möwen hätten an den Schnüren so hoch über ihnen wie lebende Luftballons ausgesehen und seien dann bei abgestelltem Motor mit blutigen Schnäbeln wieder zurück ins Meer gesunken.

Was will er in der Via A. Manuzio, fragt sie sich und mustert ihn von der Seite. Ennio hat das Prospekt zusammengelegt, dreht es zwischen den Fingern hin und her. An seinem Gesicht ist nichts abzulesen. Als hinter den Häusern von S. Nicolò die hohen Bäume des jüdischen Friedhofs auftauchen, befiehlt er dem Taxifahrer anzuhalten und zu warten. Rita geht um das Heck herum, bleibt hinter dem Kofferraum stehen. Erklär mir, setzt sie an, doch Ennio holt aus, schlägt ihr die Hand mitten ins Gesicht. Sie weicht zurück, stolpert, kippt aus den Schuhen. Nichts werde ich dir erklären. Dort, und er zeigt mit der Hand auf Aldos Haus, ist dein Platz; bleib', wo du hingehörst.

Noch bevor Rita den Mund aufmachen kann, hört sie, wie die Wagentür ins Schloß fällt, der Standgassummton in lautes Brummen übergeht. Mit einem Auge sieht sie die Motorhaube auf die Fahrspur einbiegen, das andere sucht bereits erschrocken und beschämt nach etwaigen Zeugen. Gesehen hat sie niemand. Hinter dem nächsten Gartenzaun läuft ein Hund auf und ab, ohne zu bellen. Die meisten Rollos hat man zum Schutz gegen die Nachmittagshitze heruntergelassen.

Rita biegt in die Straße ein, geht, die Lagune im Rücken, den Kanal entlang zum offenen Meer.

Wenig später sitzt sie auf der Höhe des Krankenhauses am Strand. Sie zieht die Schuhe aus, streift den Ring vom Finger und legt ihn in den Münzbeutel.

Als Onkel Viktor abends nicht nach Hause kam, hat Tante Anna gestrickt. Sie hat geschwiegen und gestrickt. Sie hat alles, was sie nicht aus sich herausbrachte, nicht aus sich herausbringen durfte, in ihre Töchter hineingestrickt. Jahrelang saßen sie zu den Essenszeiten auf der Eckbank zwischen halbfertigen Ärmeln, Vorder- und Rückenteilen. Jahrelang hat sie über Onkel Viktors Fremdgehen hinweggesehen, hat halblaut die Maschen gezählt, eine glatte, eine verkehrte und wieder eine glatte, eine verkehrte, um nicht die Frauen zählen zu müssen. Sie hat ihnen die melierte Wolle über Arme und Beine gezogen, als stünde ihre Haut stellvertretend für die Haut ihrer Gegenspielerinnen. Sie hat nie geantwortet, wenn sie wissen wollten. Und sie gaben sich mit den Mutmaßungen, mit dem Wahrscheinlichen zufrieden.

Als ich das letzte Mal oben war, grünten die Wiesen und die Dächer hingen in der Verlängerung der Schatten in die Häuser. Die aufgetürmten Erdhügel waren noch zu verteilen, auszustreuen auf den Feldern zwischen Strommasten und vereinzelt dastehenden, immer noch dürren Bäumen.

Rita hält ein Papiertaschentuch in der Hand, beißt die Ecken ab und kaut so lange am weichen Papierknäuel herum, bis sie ihn als harte Kugel ins Meer spucken kann. Sie sieht, wie sich die Flut allmählich zurückzieht, der Schlick im Watt versinkt. Dann stellt sie sich knöcheltief ins schwappende Wasser und fischt mit der großen Zehe Muschelschalen heraus.

In Paris strichen wir uns die Schokolade der Eclairs auf den Bauch, schleckten sie wieder herunter. Lange Zeit hielt mich, was längst unmöglich geworden war; so leicht läßt sich die Hoffnung auf Wiederholung mit Liebe verwechseln. Ich will ein Sieb in meinem Kopf und Gras, überall Gras statt des Wassers.

Ein Kind schleift einen Klappstuhl durch den Sand, sucht mit den Augen seine Eltern, um herauszubekommen, ob sie dieses Spiel gutheißen. Begleitet von den Rufen der Mutter stapft Rita zur Toilette. In Grätschstellung, ohne sich auf die Brille zu setzen, hört sie, wie das Wasser aus ihr herausrinnt, erst tröpfelnd, dann in einem kräftigen Strahl, der schlecht gezielt vom Beckenrand an ihr hochspritzt, was sie spätestens, als sie merkt, daß das Papier fehlt, wütend macht. Fluchend stößt sie bei Verlassen des WCs gleich zweimal mit dem Fuß gegen die Tür und zieht den verdutzten Blick eines Liegestuhlherrn auf sich. Zwischen den Kabinen dreht sie sich noch einmal zum Wasser, zum Meer- und Himmelblau, dieses Mal ohne Horizontlinie, als stülpe sich das Meer in einer Riesenwelle über die Erde.

Am Anfang, denkt Rita, hatte ich noch den Wunsch zu fliehen, weil ich dann hoffen konnte, er würde mich vermissen, er würde nach mir suchen lassen. Indem ich fortginge, so glaubte ich, würde ich ihn ernüchtern; ein Sehnsüchtiger sei gezwungen, ins Leben zurückzukehren. Ennio kehrte nicht zurück, war nicht mehr da, nur die Spuren von ihm an den Dingen: aus dem Mülleimer schauten die Flaschenhälse heraus, Brotkrumen lagen auf dem Tisch, Zigarettenstummel neben dem Aschenbecher. Er verfehlte die Türklinke, wenn er ins Bad wollte, beschmierte sich das Hemd beim Essen. Einmal fiel er vornüber auf den Steinboden des Korridors. Ich schämte mich, in der Metzgerei gegenüber Hilfe zu holen und setzte mich auf einen Stuhl an sein Kopfende, bis er wieder aufstand, auf allen Vieren zur Garderobe kroch, um sich an ihr hochzuziehen. Ohne Mitleid stierte ich auf den Brustkorb, der sich gleichmäßig hob und senkte, wünschte ihn ins Wasser oder erschlagen auf dem von Schleim und Fischkadavern übersäten Steinboden am Fischmarkt.

Er stand immer wieder auf, stolperte durch die Wohnung, beladen mit Vorwürfen und zornig keuchend, daß ich an seiner Misere schuld sei, weil ich mich weigerte, am Stand zu stehen, Fische auszunehmen, sie mit der Säge zu zerkleinern. Es wollte eben kein Kind kommen, und je länger keins kam, desto mehr hängte er sich an die Flasche, hält er an seinen Fischen fest, schöpft aus dem Meer, um dann auf dem Markt zu schreien, aus seiner nicht fortgesetzten Existenz heraus in die Frauen hinein, ihren Bäuchen zu. Dort schreit er noch immer, um das Geschöpfte loszuwerden, um sich fortzupflanzen mit seinen Meerspinnen und Teufelsschwänzen in den Leibern der anderen.

Mit den Jahren und den Litern verlor er seine Redegewandtheit, die ich so sehr an ihm liebte, sprach nicht mehr pausenlos, gleichgültig von wem, gleichgültig worüber, trampelte langsamer, bis er gänzlich stillhielt und nur noch in klaren Momenten von sich erzählte, vom Verkauf, der zurückgegangen war, von der Mutter, die er schon seit Jahren sterben ließ, die er trotz seiner überschwenglichen Liebe gerne auf die Toteninsel brächte, weil er vor ihr Haltung bewahren mußte, was ihm während der sonntäglichen Zusammenkünfte immer schwerer fiel. Haltung bewahrte er auch vor Anton, wenn dieser aus Wien zu Besuch kam und zum Essen statt des Malbech Wasser auf den Tisch stellte, absichtlich, um ihn in Unruhe zu versetzen und aus dem Haus zu jagen. Dann lief er unter dem Vorwand, er müsse zu einem Kunden, die Calle Barbaria de le Tole hinauf, geradewegs in die Osteria al Balon, stürzte an der Theke ein erstes Glas Wein hinunter und setzte sich anschließend an einen der Tische, an denen den ganzen Tag über Karten gespielt wird. Vielleicht sitzt er jetzt dort, zwischen den Alten, die täglich aus dem Heim herüberkommen, nur mehr die Gasse überqueren, um in ihrem Stammlokal je nach Verfassung als Laufburschen, Hilfskellner oder Spieler ihre letzten Jahre zuzubringen.

Rita wechselt die Straßenseite, kreuzt die Kellner, die wie jeden Abend vor den Restaurants auf und ab gehen oder breitbeinig, die Hände auf dem Rücken verschränkt, vor den Vitrinen stehen, um touristische Strandgänger abzufangen.

Ennio wird mich erwarten, denkt Rita. Er wird in der Küche sitzen und Kaffee mit Schnaps trinken, um nicht einzuschlafen. Er wird einen Zahnstocher ins Tischtuch stechen, wird aufstehen und zum Fenster gehen, ohne einen Blick nach draußen zu werfen. Oder sie bringen ihn mir. Die Übriggebliebenen und weniger Betrunkenen tragen ihn mir nach Hause, klopfen seine Jacke aus, reden ihm zu. Die Übriggebliebenen schieben ihn mir durch die Tür und torkeln müde heimwärts.

Zwing' mich jetzt nicht zu sprechen, sagt Rita zu Anton, stell' mir keine Fragen, was gibt es noch zu erzählen, was du nicht schon wüßtest. Hinter meinem Rücken pfeift ein Mann und wartet darauf, daß ich den Hörer auflege. Es war doch alles ein dem Endezudenken, es war ein Endeherbeidenken, und die Kränkungen und Versäumnisse führten bereits über das Ende hinaus.

Vorgestern sei sie ein letztes Mal zum Stand gegangen und habe Ennio eine Liste von Bestellungen vorbeigebracht, ein letztes Mal, wiederholt Rita, nun würde ihr das alles erspart bleiben: kein Marktgeschrei mehr, keine Arme, die immerzu in ruckartigen Bewegungen Fische auf die Waage warfen, keine in die Metallschalen klatschenden Fischleiber. Sie werde endlich Zeitungen kaufen, sie lesen und anschließend wegschmeißen können, ohne daran denken zu müssen, wieviel Kilo Seezungen und Miesmuscheln sich darin hätten einpacken lassen. Stell' dir vor, bis zuletzt weigerte er sich, wasserdichtes Verpackungsmaterial anzuschaffen, bis zuletzt näßte das Meeresgetier die Zeitungsseiten, stießen Flossen, Schwänze und Mäuler durch das aufgeweichte Papier.

Was machst du jetzt? Hörst du mich? Ein vorbeifahrender Lastwagen verschluckt Antons Antwort. Der wartende Mann steigt von einem Fuß zum andern. Um diese Zeit, sagt Rita, kommen die Soldaten aus den Kasernen hierher und besetzen sämtliche Apparate. Je frustrierender ihre Tage, desto heißer ihr Liebesgeflüster, desto lauter ihre Forderungen nach Treuegelöbnissen. Nach dem Anruf revanchieren sie sich bei ihren Freundinnen für ihr Mißtrauen, indem sie sich in einen Pornofilm setzen oder zu den Prostituierten nach Mestre fahren.

Erzähl' Vater nichts, sagt Rita, erzähl' ihm nicht, daß ich nach Wien komme. Ich gönn' ihm die Genugtuung nicht, ich gönn' ihm nicht, daß eintrifft, was er mir hinterhergeschrien hat.

Auf dem Granviale stauen sich die Autos, wie auf Befehl pflanzen sich die Bremslichter rückwärts fort, erlöschen, leuchten auf. Kurz vor der Anlegestelle bleibt Rita noch einmal stehen und schaut zurück. Hier, auf der Autoinsel, abseits von den wasserumspülten Palästen, suchte sie vom ersten Tag an das Gewöhnliche, lief zwischen den Einfamilienhäusern herum und wurde erst ruhig, wenn sie jemanden entdeckte, der in seinem Garten den Kies harkte oder Rosenstöcke stutzte.

Wenig später, auf dem Deck des Schiffes, sind es die fernen Lichtpunkte der Riva degli Schiavoni, die durch den stärkeren Seegang auf und ab springen. Aus der Nähe sehen die Laternen – drei zu einem Dreieck angeordnete Lampen – wie startbereite Lokomotiven aus. Im Winter, erinnert sich Rita, bin ich zum Strand gefahren, weil die Muschelsplitter unter den Sohlen knirschen wie hartgefrorener Schnee. Von den Jahreszeiten ist hier nichts zu bemerken, nur Sommer und Winter sind spürbar als schwüle Hitze und feuchte Kälte. Die Zwischenzeiten sind ein Privileg der ummauerten Palastgärten; außerhalb begnügt man sich mit Orchideen in Plastikschachteln, mit einer Hand voll Grabblumen an den Ständen gegenüber von San Michele.

Rita sucht Gesichter und denkt an Aldo: wie er die Osteria verließ, wortlos und zufrieden, als wäre er nur dort gewesen, um etwas zu holen, Gläser für ein Fest zum Beispiel oder ein paar Flaschen Wein; wie er beim Hinausgehen einen Buranello aus dem Glasbehälter fischte, ihn in der Hosentasche verschwinden ließ; wie er vor dem erblindeten Spiegel im hinteren Raum des Lokals die wenigen Haare aus der Stirn strich und schließlich die Mütze aufsetzte. Er sagte lediglich: Gehen wir.

4

Sie will, so plötzlich, ich versteh' sie nicht, aus heiterem Himmel, als hätte er sie zum ersten Mal geschlagen. Jahrelang habe ich versucht, sie zu überreden.

Der Ober hält sich kaum noch auf den Beinen. Das Geschirr klappert auf dem Tablett. Er streift die Tische; gleich fällt der Aschenbecher.

Ja, einen Tee bitte. Ich habe mich auf die falsche Seite gesetzt, ich hätte es wissen müssen; an diesen Tischen wartet man Stunden, bis man seinen Tee bekommt.

Es ist gut, daß sie kommt, abreist, hierherreist, mit Millionen Fischen im Kopf, ihre ganze Erinnerung ist verpestet. Immerzu wird er vor ihr Aale zerschneiden, portionsgerechte Stücke ins Papier schlagen, wird ihr die Ohren vollschreien, aber aus den Gullis wird kein Wasser mehr steigen, aus den Gullis steigt höchstens Dampf und höchstens im Winter.

Diese Ohrfeige müssen wir feiern, meine Rita.

Ich werde sie nicht mehr loswerden, so wie sie ihn nicht mehr losgeworden ist, nicht wußte, wie sie sich seiner entledigen könnte, es vielleicht wußte, aber niemals den Mut dazu fand, so wie ich nicht den Mut haben werde, wir allesamt feige sind, bei unserer Mutter angefangen.

Die Vorhänge gegenüber dem Eingang bewegen sich, bauschen sich nach außen und fallen wieder zurück. Sie ist es nicht: zu dünne Beine, blickt sich um, hat ihn gefunden und lacht.

Für eine Lehrerin ist sie spät dran.

Rita wird sich langweilen in Wien, ich hab' es ihr gesagt. Sie wird den ganzen Tag auf mich warten, und ihre Fische werden Wellen schlagen, und seine Hände werden nach ihren Fischen greifen, nachts wird sie auf die Marmorplatte fallen und von ihm erschlagen werden. Viele Nächte wird er sie erschlagen: ich höre schon, wie sie im Schlaf aufschreit, die Stange auf dem Kopf, das Messer im Leib. Und ich: Händchenhaltend in ihrem Zimmer.

Er hat den Tee vergessen, trägt leere Gläser und Tassen vorbei. Trinkgeld bekommt er keines. Oder doch: wie seh' ich sonst aus vor Maria.

Der Dicke kratzt sich am Ohr, bleibt in der Tür stehen. Selbstsicher wirken eigentlich nur die Paare, sie hinter ihm versteckt; und wie lange sie sich kennen, zeigt die Schwingtür, die er losläßt oder hält, je nachdem.

Jetzt kommt sie. Wie sie sich umsieht, nach meinem Gesicht sucht, so wie sie hinterher, wenn sie vor mir stehen wird, nach Worten suchen wird, die

Tasche im linken Arm eingeklemmt, mit der Rechten das Haar hinters Ohr schiebend, um die Strähne gleich wieder nach vorne fallen zu lassen.

Eine Lehrerin. Ich wollte keine, aber wo das Herz hinfällt, dort liegt es, bis wieder eine draufsteigt, irrtümlich, absichtlich, es zertritt, dann wind' ich mich wieder vor Susannenschmerz, vor Mariannenschmerz.

5

Im Schiffsbauch kommt Hektik auf. Alle drängen auf das Deck. Als Rita die Riva betritt, sind die Händler gerade dabei, ihre Plastikgondeln und Korallenketten zu verpacken. Eine alte Frau verkauft Taubenfutter, obwohl sich der Großteil der Vögel bereits in Nischen und auf Fenstersimsen zurückgezogen hat. Sie geht an einem Mann vorbei, der den Schaum seines Bieres auf die Steinplatten bläst. Ein Hund bellt vor einem ferngesteuerten Spielzeugauto, springt ihm nach, weicht zurück. In den Vitrinen vor den Restaurants liegen Fische auf Eiswürfeln, Kellner zupfen an dekorativem Grünzeug herum, laufen geschäftig ein und aus, obwohl kaum Leute da sind.

Vor ein paar Monaten sah sie hinter einer dieser Restaurantglastüren ein bekanntes Gesicht, ein Dorfgesicht aus den Schuljahren. Dieses über eine Languste gebeugte Gesicht, dessen Name ihr nicht einfallen wollte, quälte sie bis in die Nacht, weil sie sich durch die nachlassende Erinnerung noch mehr abgeschoben fühlte, aus der Heimatwelt entlassen, die erst hier, auf einer Distanz von ein paar Hundert Kilometern zu einer solchen geworden war. Der Mann, schoß es Rita am nächsten Morgen durch den Kopf, war der größte Geizhals des Dorfes gewesen, einer von denen, die nach einer genauen Abrechnung des Wirtschaftsgeldes verlangten, deren übertriebene Sparsamkeit jedoch nur den anderen galt. So einer wie der Zorzi, hatte Anton damals gesagt, werde vor seinem Tod das Geld fressen, indem er es vorher in eine Schüssel Honig legte. Seither pflegt Rita ihrem geldgierigen Vater zu sagen, er möge seine Scheine in Honig tunken und sie mit seinen Erbschaftsangelegenheiten verschonen.

Je weiter sich Rita vom Markus-Becken entfernt, desto weniger Leuchtschilder erhellen die Gassen. Auf dem Campo S. Maria Formosa pissen zwei Männer gegen einen stillgelegten Brunnen, lassen sich vom Hallen ihrer Schritte nicht stören. Sie hebt den Kopf. Die Scherben auf einer Mauerkrone glitzern im Licht eines weit geöffneten Fensters. Ein paar Schritte weiter dringt ein Lied der „Pitura freska“ durch die Ritzen der Läden.

Als Rita in die Calle Barbaria de le Tole einbiegt, suchen ihre Augen das gelbe Post-Schild; rechts darüber ist es dunkel. Sie geht an der Schulhofmauer vorbei, bleibt vor der Metzgerei stehen. Er scheint noch nicht dazusein, doch die dunklen Fenster könnten trügen. Schon einmal hat er mich überrascht. Im Dunkeln saß er im Bad auf dem Bidet, hat mir dort aufgelauert, weil er wußte, daß ich als erstes zum Waschbecken gehen würde, um mir die Hände zu waschen. Der Schrecken nahm mir jede Kraft: ich ließ mich anbrüllen, sah zu, wie das Zahnbürstenglas auf dem Fußboden zersplitterte, ein Blumentopf in der Wanne zerbrach.

Damals waren wir längst dort, wo unsere Handlungen schon nichts mehr mit uns zu tun hatten; wir funktionierten, bewegten uns ganz automatisch, selbst sein abendliches Torkeln war vorgesehen, konnte unsere monotonen Tagesabläufe nicht stören. Daß er schrie und tobte, entsetzte mich, gleichzeitig fand ich daran Gefallen, weil ich endlich Grund hatte, ihn zu hassen, sich etwas ereignete, die Stunden nicht wie üblich spurlos, ohne eine Erinnerung zu hinterlassen, vorübergingen.

Vom Regen in die Traufe, hatte Anton einmal festgestellt, nachdem Ennio den Mittagstisch verlassen hatte, pünktlich um vierzehn Uhr. Diese Ereignislosigkeit würde ihn verrückt machen. Zuhause hatte er einmal vor Mutter seine Verwunderung darüber ausgedrückt, daß überhaupt etwas passiere, daß aus diesen einschläfernden, trostlosen Leibern noch etwas herauskommen könne, aufwachse und überlebe, bis der Tod, die einzige wirkliche Sensation für die Hinterbliebenen, der lebenslangen Fadheit ein Ende setze. Seht her, hatte Anton in der Balkontür stehend ausgerufen, das Sterbeglöckchen hat noch gar nicht aufgehört zu läuten, und unsere Nachbarin schwingt sich schon aufs Fahrrad, um auf der Anschlagtafel vor der Kirche den Namen des Toten in Erfahrung zu bringen. Es sei ihm unerträglich, sehen zu müssen, mit welcher Gier es diese Dorfweiber nach Abwechslung verlangte, nach ein bißchen Tod; wie sie ihre Neugierde hinter falschem Beileid versteckten, ab und zu ihre Toten brauchten, um sich als Lebende wahrzunehmen. Und als Vater einmal beim Mittagstisch von zwei eingedrückten Autos sprach, die er auf dem Weg in die Stadt im Straßengraben hat liegen sehen, als er uns zum x-ten Mal die Decke schilderte, unter der ein Schuh hervorschaute, ein frisch geputzter, neuer Schuh, sagte Anton, er hätte sich, wenn er im Dorf geblieben wäre, ebenfalls ein Auto gekauft und wäre zum Raser geworden.

Hier, sagt sich Rita, gibt es nicht einmal Autos, mit denen man sich zu Tode fahren könnte, die einem zumindest die Flucht erleichterten. Alles, was man mit sich fortnehmen will, schleppt man mit eigenen Händen, jedes Wegfahren muß geplant sein; daher bleibt einem nichts anderes übrig, als sich mit dem Notwendigsten zu begnügen: zwei große Koffer, eine Umhängtasche, die ins Fleisch schneidet, bei jedem Schritt hin und her wippt.

Rita behält die Fenster im Auge. Als sie zwei Frauen die Gasse heraufkommen sieht, geht sie wie eine zufällig Heimkommende auf das Haus zu, sperrt die Tür auf. Sie wartet, bis die Schritte verhallt sind, dann tritt sie erneut auf die Gasse hinaus, vergewissert sich, daß in den Fenstern noch immer kein Licht brennt.

Zuhause pflegte Vater die Tür vor Mitternacht abzusperren und den Schlüssel innen stecken zu lassen, sodaß Anton und sie nur abwechselnd spät nach Hause kommen konnten, weil einer immer darauf achten mußte, daß das linke Kellerfenster einen Spalt breit offen blieb. Irgendwann ließ Vater ein schmiedeisernes Gitter anbringen, doch zu diesem Zeitpunkt hatten sie bereits mit dem Klingeln begonnen, weil Mutter schon nicht mehr lebte, keiner auf ihren Schlaf Rücksicht nehmen mußte. Jede Nacht holten sie ihn aus dem Bett, hörten ihn fluchen und die Schlafzimmertür zuschlagen, bis er nachgab und ihr Ausbleiben hinnahm.

Als Rita in der Ferne Stimmen hört, überwindet sie ihr Zögern und geht ins Haus. Hastig, ohne Verschnaufpause, läuft sie die Treppen hinauf, bleibt vor der Wohnungstür stehen, um zu lauschen. Da sie nichts hört, faßt sie sich ein Herz und tritt ein. Sie knöpft die Jacke auf, überlegt, ob sie sie ausziehen soll. Vorsichtshalber bleibt sie einen Moment lang bei der Tür stehen, dann ruft sie nach ihm, schaut in die Küche, in den Salotto, ins Bad, stolpert über eine leere Kiste. Instinktiv greift sie danach, will sie in die Abstellkammer tragen, zieht dann aber bestimmt und über sich selbst den Kopf schüttelnd die Hand zurück. Solche Kisten verwendet er zum Tiefkühlen der Restfische. Tage, oft sogar Wochen später, holt er die gefrorenen Schollen aus der Zelle, spritzt sie hinter den Säulen mit Wasser ab, um sie dann gegen Mittag zumeist schon etwas lallend den Frauen als Frischware anzubieten. Es gab Kundinnen, die ihn durchschauten, die an einem Fisch nachprüften, ob ihm die Eingeweide fehlten oder nicht; saubere Fische, das wußten sie, waren fast immer ältere Ware. Brachte eine die Fische wieder zurück, weil sie stanken, stritt er ab, sie verkauft zu haben. Wie ein trotziges Kind blieb er bis zum Schluß bei seiner Behauptung, wühlte mit den Händen ärgerlich in den Jakobsmuscheln oder wandte sich schimpfend ab.

Vielleicht war es ja meine Absicht, entdeckt, endlich und nicht zufällig aus dem Trott herausgerissen zu werden. Rita wischt sich mit den Fingern über die Augen, greift nach der Kiste und stellt sie vor die Tür. Jedes Ding, tausendmal gedreht und gewendet, poliert und abgestaubt, ist nun von einem Augenblick auf den anderen sinnlos. Was einpakken jetzt, was zurücklassen, was ist gekauft und was Geschenk von wem und zu welchem Anlaß. An jedem Gegenstand ein Wort, ein Bild, das hält oder weitertreibt, ein dauerndes Festnageln und Loslassen. Noch einmal ein zartes Klingen erst, dann ein Scheppern, Meeresgetier in der Spüle, der Marmor schwarz von der Tinte; noch einmal der Befehlsblick, der Schlag vor Aldos Haus.

Als hätte sie sich erst in diesem Moment entschieden, springt sie in plötzlicher Eile ins Schlafzimmer, reißt Schränke und Schubladen auf. Die besseren Kleider wirft sie aufs Bett, die anderen stopft sie ungeduldig zurück. Immer wieder läuft sie kurz zum Fenster, beobachtet den Hauseingang. Während ihre Augen sortieren, hat sie die Ohren in der Gasse. Geräusche, die von draußen kommen, lassen sie erstarren. Erst nachdem sie Stimmen und Schritte als fremde erkannt hat, setzt sie sich wieder in Bewegung, nimmt den Paß aus der Schublade, wühlt zwischen Blusen und Papieren, breitet aus, faltet.

Eine Stunde später sitzt Rita im Nachtzug nach Wien. Sie schiebt die Sitze zusammen, legt sich so, daß sie die Tür sieht. Zwei Frauen schlagen im Vorbeigehen mit ihren Rucksäcken gegen das Abteilfenster, dann ist es ruhig. Um bequemer zu liegen, holt sie den nach Mottenkugeln riechenden Krimmermantel aus einem der Koffer, legt ihn unter den Kopf. Sie überlegt, ob sie alle Schecks und Bancomatkarten in ihre Handtasche gesteckt hat, addiert ihre und Ennios Ersparnisse mit dem Wert ihres Schmucks.

Was hätte ich ihm sagen sollen; ich habe nie gelernt, im richtigen Moment zu widersprechen. Die Worte kommen immer zu spät, hinken den Gedanken hinterher. Anton klaubte sich Sätze aus Büchern zusammen, holte auf, indem er studierte, wie besessen ein Blatt nach dem anderen beschrieb. Es wundere ihn nicht, hatte sie ihn einmal sagen gehört, daß dieses kleine Land, dieses Randland so viele Journalisten hervorgebracht habe; wie unter Zwang würden alle versuchen, sich aus ihrem Kindheitsschweigen herauszuschreiben, sich mit Eifer und Fleiß des Hochdeutschen zu bemächtigen, das sie bis dahin weder zuhause noch in der Schule richtig sprechen gelernt hätten. Sie überdeckten ihren sprachlichen Minderwertigkeitskomplex, ihre fehlende Redegewandtheit durch unzählige, mittelmäßige Artikel. Oder ob man ihm einen, einen einzigen in diesem Land nennen könne, der es verstünde, eine halbe Stunde fehlerfrei eine Ansprache zu halten? Es wäre ihm gänzlich unmöglich, mit lauter Sprachgestörten sein Leben zuzubringen, Stunden und Tage damit vergehen zu lassen, wortbehinderten Politikern ihr Gestotter ins Reine zu schreiben.

6

Hab' ich's doch gewußt: das wird nichts. Diese Unsicherheit von Anfang an. Kaum weiß sie mich abgelenkt, auf der Straße kurz in der neuen Zeitung blätternd, dreht sie sich zu einem Auto, zieht den Spiegel heraus und wirft einen Blick auf ihren Mund. Vergiß die Augen nicht, sage ich. Sie ist beleidigt und geht zum nächsten Taxistand.

Den halben Abend war sie damit beschäftigt, meine Vorurteile gegen Lehrerinnen zu bekämpfen. Frauen wie sie verheimlichen ihren Beruf. Wenn das nicht mehr möglich ist, verteidigen sie ihn hartnäckig. Von einem gesundheitlichen Risiko sprach sie, vom Adrenalin-Spiegel, der während des Unterrichts über dem der Schichtarbeiter liege, nicht selten das Niveau von Formel-1-Rennfahrern erreiche. Und ich lachte: der einzige Fehler, dessen ich mir bewußt bin, wenn ich an diese Verabredung denke. Nein, sie wollte nicht mit mir, wollte vielleicht in jener Nacht, als wir uns bei Maresch kennenlernten.

Ich sollte jetzt nach Hause gehen und den Artikel über den Photographen schreiben, statt hier rumzuhängen.

Der Kahlköpfige blutet am Daumen. Die Barfrau zieht seine Hand über die Theke, schüttet Obstler über das Blut, zerreißt Servietten und trocknet damit den Schnapsfinger. Als Kinder flößten wir den Hennen Enzian ein und schauten zu, wie ihnen die Beine einknickten, und Johanna hängte Rex eine Blechdose um den Hals, sodaß er auf das Gescheppere hin wie durch ein Monster verfolgt durch den Hof jagte.

Wohin, wenn man Lust hat, von einer Beliebigen Besitz zu ergreifen? Maria anrufen und mich bei ihr entschuldigen? Simonitsch in die Bar bestellen, um sie dann, wenn sie um zwei Uhr früh in ihr Auto steigt, zu fragen, ob ich an sie denken dürfe, nachts, mit der Hand unterhalb des Nabels?

Ich kann nicht allein sein, auch wenn ich mich immer wieder damit brüste. Und Rita kann es nicht. Wann, sagte sie, kommt der Zug?

Der Docht rußt und riecht; Kerzenlicht ist unerträglich, wenn man ohne Begleitung ist.

Ob sie kommt? Ritas Stimme heute war fest, nicht weinerlich wie sonst. So verkehrt sich alles ins Gegenteil: als sie Ennio wenige Wochen kannte, mußte ich ihr Fischbücher schicken. Sie war begeistert, erklärte mir damals am Telephon, daß es Fische gäbe, die den gesamten Körper für die Fortbewegung einsetzen würden, andere schwenkten nur den Schwanzstiel wellenartig hin und her. Sie hielt ein Referat über den Plattfisch, über den am Meeresboden lebenden Rochen. Allerdings gestand sie mir erst viel später, daß sie zu diesem Zeitpunkt noch keines dieser Tiere berührt hatte. Sie übte, kaufte freitags eine Forelle, nahm sie aufs Zimmer und breitete sie vor sich aus, zählte Schuppen, legte das Lineal an. Und so stieg die Bergfrau ins Meer, heiratete hinein, immer mit Blick auf den Sand, die Füße zwischen den Krebsen, die Beine naß bis zu den Knöcheln.

7

Rita drückt die Zigarette aus, kehrt ins Abteil zurück. Der Zug fährt jetzt langsamer. Trotz schlechter Lichtverhältnisse sind in der Ferne die friulanischen Berge zu erkennen, schwarze Dreiecke unter einem sternenlosen Himmel. Sie kniet auf einem der Sitze, schaut hinaus, versucht an der Anordnung und Häufigkeit der Lichtpunkte die kommenden Orte zu erraten. Kurz vor der Grenze kramt sie in ihrer Handtasche. Sie steckt Ennios Bancomatkarte in die Unterhose, legt Bargeld und Schecks hinter den Schutzumschlag eines Buches. Als sie die Zollbeamten den Gang heraufkommen hört, schließt sie die Augen.

In ein paar Tagen, denkt Rita, wird wieder wettgefischt. Dann stehen sie auf dem Steg, einer neben dem anderen, jeder mindestens fünf verschiedene Angeln zwischen die Felsen geklemmt, und wenn's zappelt: der konzentrierte Blick, das Biegen und Ziehen, das Abschlachten. Oder ein Fisch wird lebend in den Kübel geworfen, auf die anderen drauf, dann federt und peitscht er. Manchmal springt einer aus dem Behälter, bleibt versehentlich liegen, ein Häufchen Schuppen auf dem heißen Stein, das hornige Maul weit aufgerissen.

Ein Beamter schiebt die Tür auf, macht Licht. Rita reicht ihm den Reisepaß, lehnt sich zurück, schlägt die Beine übereinander. Sie spürt, wie die Bancomatkarte verrutscht, greift nach der Tasche, legt sie auf ihren Schoß. Auf dem Gang versucht ein Kind das Fenster herunterzuschieben. Der Beamte schüttelt den Kopf und zeigt ihr den Paß. Ennios Paß.

8

Kein Gebell, keine hupenden Autos, die mich nervös machen, kein Maresch in der Tür, Paul in Rom, aber das Band gibt nichts her: eine unangenehme Stimme, wie verstellt, und lauter Fachsimpelei. Was interessieren mich Brennweiten und Filmformate.

Auf der Fensterscheibe spiegelt sich die kugelförmige Lampe als wäre draußen Vollmond.

Im ersten Jahr bemühte er sich noch Deutsch zu sprechen, wie er sich überhaupt bemühte, etwas von ihrer Welt herüberzuretten. Er ging zum Bahnhof, um sie mit deutschsprachigen Zeitungen zu versorgen, plante sogar Reisen nach Wien. Ich mochte ihn. Die Fische waren nicht das Problem, sie wurden erst wichtig, als Rita das, was sie wahrnahm, als Entscheidungshilfe heranzog; da hatte sie den Kreuzweg schon hinter sich. Am Ende ist jedes Wort falsch, wird auf seine Wörtlichkeit reduziert und läßt keinen Ausweg offen.

Es ist immer dieselbe Geschichte: als ich mich in Marianne verliebte, glaubte ich, jedes vorherige Gefühl sei nicht einmal annähernd so stark gewesen, und ich war überzeugt, daß die Chance unserer Begegnung eins zu einer Million war.

Kein Bier im Haus, nichts; und ausgerechnet über Photographie soll ich mir den Kopf zerbrechen, über das Lügenhafte an Bildern, über Manipulation als Kunst, als wäre nicht die ganze Geschichte der Photographie auch eine Geschichte voller Manipulationen. Schon die Schwarz-Weiß-Photos der Großeltern waren mit Pinsel und Wattebausch retuschiert worden. Weidner ist ein Ignorant, er weiß nichts. Das, was er mir hätte sagen sollen, muß ich mir jetzt selbst ausdenken; nicht einmal jenes gemeinsame Photo von Lenin und Trotzki – ein bekannter Fall politischer Bildkorrektur – hatte er präsent. Was damit passiert sei, fragte er mich.

Wer weiß, vielleicht hat mich Marianne ebenso schnell von unseren Aufnahmen entfernt wie Trotzki verschwinden mußte.

Die Urlaubsflüge wurden so gebucht, daß Marianne optimale Photographiermöglichkeiten hatte: kurz vor Sonnenaufgang oder kurz vor Sonnenuntergang. Dabei waren die meisten Luftaufnahmen sowieso enttäuschend, weil die Linienflugzeuge zu hoch fliegen und der Dunst alles verschleiert. Sie war sauer, wenn sie keinen Fensterplatz ergatterte, drängte sich an andere Fenster, hielt die Kamera schief, überprüfte weder die Belichtung noch den Bildausschnitt und wunderte sich. Auf dem Flug nach New York saß sie in der Nähe des Düsentriebwerks; alle Bilder waren unscharf, die flimmernde heiße Luft wirkte wie ein Weichzeichner. Ich haßte ihre Art, Tage zu verplanen.

Es ging ihr nicht darum, mit mir durch Städte und Landschaften zu spazieren, gut zu essen; sie war ununterbrochen auf Motivsuche, wollte eine maximale Photoausbeute erzielen. Es genügte ihr, nicht zu hungern; sie konnte sich vierundzwanzig Stunden lang von einem Wecken und zwanzig Deka Wurst ernähren.

Rita kaufte immer beste Ware oder Ennio besorgte das Gemüse bei einem Freund auf dem Campo S. Maria Formosa, jedenfalls war es ausgesucht, schmackhaft, auch das Fleisch vorzüglich. Hier wird sie mir wieder die Ohren voll jammern, wie schauderhaft alles sei, das Gemüse aus dem Glashaus, das Fleisch fett, der Wein ungenießbar. Schlechte Essens- und Einkaufserfahrungen gehören zu ihren Lieblingsthemen.

In Wien wird sie ihrem öden Leben rückwirkend Qualität verleihen, indem sie von Tintenfischen mit Polenta oder venezianischer Leber schwärmt, als sei das Essen ihre Heimat.

Ich verstehe kein Wort. Denzel könnte das Interview wiederholen, als Übung oder ich laß es ihn transkribieren. Noch einmal: Es wird kein Film mehr notwendig sein, kein Negativ, kein Abzug. Die digitale Kamera wird das traditionelle Verfahren ersetzen. Das gespeicherte Bild wird auf einem Monitor erscheinen und über einen Satelliten um die Welt gejagt werden.

Und wie weist man digitale Fälschungen nach?

9

Moment, sagt Rita und bemüht sich ruhig zu bleiben. Sie nimmt die Identitätskarte aus der Geldtasche und reicht sie dem Beamten. Wohin sie fahre. Zu meinem Bruder nach Wien; mein Mann ist bereits dort. Der Beamte grinst und verläßt das Abteil. Die italienischen Finanzer laufen durch den Gang, ohne einen Blick hereinzuwerfen, nur das Kind, das vor dem unbeweglichen Fenster kapituliert hat, drückt sich am Türglas die Nase platt. Als Rita es zu sich winkt, läuft es weg.

Zweites Kapitel

1

Jeden Morgen, denkt Rita, wache ich gegen vier Uhr auf. Jeden Morgen schau ich in den Dämmerhimmel, starre auf die Äste, ob sie sich wiegen oder nicht, suche nach hellen Stellen am Himmel. Die Angst vor dem Nichtschlafenkönnen macht mir den Abend zur Hölle. Ich werde immer nervöser. Noch bevor ich auch nur daran denke, mich hinzulegen, verkrampfe ich mich. Ich lehne alles ab, was anregt, trinke stattdessen Milch oder Melissentee, versuche gleichmäßig zu atmen. Anton schüttelt darüber den Kopf. Onaniere, sagt er. Ein Orgasmus sei der sicherste Eintritt in den Schlaf.

Schon am Nachmittag habe ich gewußt, daß ich heute nacht keinen Schlaf finden werde; ich habe alle prophylaktischen Maßnahmen ergriffen: ich bin zu Fuß zum Markt gelaufen, um dort eine einzige Zwiebel zu kaufen; ich bin die vier Stockwerke dreimal auf und ab gegangen, habe den Müll hinuntergetragen, das Weißglas und das Altpapier. Ich habe geputzt, gelüftet und gegessen, bis mir übel wurde, aber auch der angefüllte Bauch schaffte kein Trägheitsgefühl.

Schlaflosigkeit ist vorhersehbar, sie kündigt sich an: der Kopf macht sich selbständig, hat eigene Reserven, einen Geheimmotor, der anspringt, ohne daß der restliche Körper etwas dagegen unternehmen könnte. Deshalb nützt es auch nichts, sich müde zu machen; nur ganz selten zieht die körperliche Erschöpfung die ersehnte Kopfmüdigkeit nach sich.

Rita spürt einen Druck an den Schläfen, so als würde sich etwas von innen dagegenstemmen, als wäre er brechend voll. Im Haus gegenüber geht das Licht an; es ist dasselbe Haus, dessen Fensterfront nachts zuvor hell erleuchtet war. Kein einziges Mal ist es Rita gelungen, einen Blick in die Räume dieser Wohnung zu werfen; die Vorhänge sind Tag und Nacht zugezogen. Rauch steigt aus dem Kamin, das Tragseil des dahinterstehenden Krans baumelt hin und her. Sie steht auf, geht auf Zehenspitzen in die Küche. Auf dem Tisch steht ein Teller mit Wurst und Käse. Was sie findet, stopft sie in sich hinein: eine Scheibe Schinken, den restlichen Gorgonzola, zwei Scheiben Brot. Dann nimmt sie die Milch aus dem Kühlschrank, schüttet sie in ein Glas und geht damit ins Zimmer. Am Himmel blinkt ein Flugzeug. Rita sinkt schwer und schläfrig auf das Bett. Sie klopft das Kissen zurecht, zieht sich die Decke über. Als sie sich wieder zum Fenster hindreht, ist das Flugzeug hinter einer Wolkenwand verschwunden. Sie zählt die Stunden bis zum Aufstehen, massiert mit den Fingerspitzen die Schläfen. Einen Moment lang glaubt sie, in den Schlaf hinüberzurutschen, da vernimmt sie Schritte, hört, wie Anton sein Zimmer verläßt; sofort ist sie wieder wach, wälzt sich von einer Seite zur anderen.

Ich hörte sie alle nach Hause kommen, Vater, Johanna und Anton. Johanna hat immer die Schuhe ausgezogen, ist im Dunkeln auf ihr Zimmer geschlichen, trotzdem wußten sie, zu welcher Uhrzeit sie nach Hause gekommen war, haben ihr beim Frühstück Vorhaltungen gemacht. Was sollen die Leute denken. Das ist keine Zeit für eine Ledige.

Ich habe keine Nacht durchgeschlafen, dazu waren meine Licht- und Geräuschnächte viel zu interessant. Lange nach Mitternacht bin ich losgezogen. Ich wußte blind, wo welcher Schalter zu drücken war: erst die Leselampe am Bett, dann das große Licht im Zimmer, die Lampe über dem Spiegel am Gang, die Deckenbeleuchtung des Stiegenhauses und zuletzt die Neonröhre hinter dem Dunstabzug in der Küche – es war ein ständiges Horchen und Ausschauhalten, bis ich am Ende auf den kalten Kacheln der Küche gestanden bin und etwas Eßbares in der Hand gehalten habe. Oft ist Mutter im Türrahmen erschienen: Ist etwas? Komm, geh schlafen.

Auch sie muß unter Schlaflosigkeit gelitten haben; jedenfalls hat sie mit unserer Nachbarin darüber gesprochen. Schuld waren immer der Wind oder der zu spät am Abend getrunkene Kaffee, nur selten hat sie über Schmerzen geklagt.

Wer mit Gewalt zu schlafen versucht, schläft nicht. Ich habe die Lichtzungen gezählt, die durch die Ritzen der Läden eingefallen sind oder ich bin mit geschlossenen Augen dagelegen und konnte nicht aufhören, Mutter hinterherzulauschen. In den Jahren ihrer Krankheit hatte sie die Angewohnheit, mitten in der Nacht das Haus zu verlassen. Anton hat sie mehrmals auf der Heimfahrt am Dorfausgang aufgelesen; es war nicht leicht, sie zum Einsteigen zu bewegen. Sie müsse frische Luft schöpfen, und:

Die Dunkelheit bringe sie nicht in Verlegenheit. Sie hat unter dem Mantel ihr Nachthemd getragen.

Während des Tages hat sie den versäumten Schlaf nachgeholt; wo sie sich auch hingesetzt hat, überall ist sie eingeschlafen: auf dem Stuhl in der Küche, im Ohrensessel in der Stube, auf der Bank vorm Haus; immer habe ich sie schlafend angetroffen, konnte zusehen, wie sie je nach Stuhl oder Sessel langsam nach vorne kippte und gleich wieder hochschnellte; Zugreisende pflegen in diesem Moment die Augen aufzureißen, schuldbewußt in die Runde zu schauen, sie hat die Augen zugelassen, hat weitergeschlafen, als wäre nichts passiert. Nur wenn Vater in ihre Nähe gekommen ist, war sie sofort munter, sprungbereit: Brauchst du etwas? Willst du essen? Sie hat sich ihm angeboten, sich ihm aufgedrängt, obwohl sie ihn andererseits wieder loswerden wollte; kaum hörte sie ihn die Tür öffnen, ist sie zu ihm hingelaufen, hat ihm Mantel und Jacke abgenommen, um sie ins Freie zu hängen. Ohne daß es ihm bewußt war, hinderte sie ihn daran, sich auszubreiten. Manchmal schien es mir, als würde sie ihn abspeisen, als müsse sie ihn wegräumen; nur nachts konnte sie ihm nichts vorsetzen; nachts hat er sich seinen Platz zurückerobert, war das Zimmer von ihm erfüllt, von seinem lauten Atem, vom Geruch seines Schlafes. Vielleicht hat sie ihm auch den Tod gewünscht, hat sich vorgestellt, wie die Kälte langsam an ihm hochsteigt, ihn lähmt und vernichtet.

Rita hört Geräusche von Wasser, dazwischen Schritte, eine Tür, die geöffnet und geschlossen wird, ein Klappern aus der Ferne. Es ist fünf Uhr früh, der Himmel klart auf, im Hinterhof gurren die ersten Tauben. Sie geht ins Badezimmer, wäscht sich das Gesicht, untersucht es. Sie kann jede Pore sehen, jeden Fleck. Je näher sie an den Spiegel herantritt, desto älter empfindet sie sich. Jetzt erst bemerkt sie den Schaum auf der unteren Hälfte des Spiegels, das Rasiermesser auf der Ablage neben dem Waschbecken.

Sie löscht das Licht, geht zur Garderobe; neben Antons Lederjacke hängt ein Frauensakko. Rita bleibt eine Weile im Dunkeln stehen; sie vernimmt ein Kichern, erschrocken und erregt kehrt sie in ihr Zimmer zurück, läßt die Tür einen Spalt breit offen, damit sie es nicht versäumt, mit der Neuen zu frühstücken.

Eine Weile steht sie unschlüssig in der Mitte des Zimmers; sie betrachtet die Photos über Pauls Schreibtisch, seinen fünfjährigen Neffen mit herausgestreckter Zunge, ein Schwarz-Weiß-Bild, auf dem ein Markt abgebildet ist: zwischen Obst- und Gemüseständen verkauft eine Frau Gladiolen. Es will ihr nicht einfallen, woher sie diesen Markt kennt.

Wenn ich mich jetzt nicht hinlege, bin ich tagsüber wie tot. Sie öffnet das Fenster, wirft das Kissen auf den Boden, streckt sich aus. Der Himmel ist bereits hell, schwerfällig schieben sich Wolken ins Fensterquadrat. Bevor sie einschläft, hört sie das Knarren des Fahrstuhls. Sie stellt sich vor, wie der rötliche Holzkäfig im schmiedeisernen Gehäuse in die Tiefe sinkt, dann verliert sie ihre Gedanken.

2

Mit diesen Löchern im Kopf muß ich zur Heftkritik, muß unserem Haussozi zuhören: Hat mir gefallen. Hat mir weniger gefallen. Hat mir nicht gefallen. So etwas nennt sich detaillierte Artikelanalyse. Die Sprache wird nicht angetastet, Maresch darf weiter in seinen außenpolitischen Berichten mit Klischees Atmosphäre einfangen.

Die Ressort-Konferenz geht sich nicht mehr aus. Ich habe gestern zuviel Wodka getrunken. Pucher wird mich diese Woche in die schlechteste Premiere setzen oder er wird mich beauftragen, etwas zu Grace Kellys zehntem Todestag zu schreiben. Ich könnte mir einen kleinen Krimi einfallen lassen, spektakuläre Vermutungen zu ihrem Unfall in der Haarnadelkurve, präparierte Bremsen oder den Unbekannten am Steuer. Weidner laß ich mit der Maus spielen; ein Klick und aus Wahrheit wird Spannung: ein per Computer einmontierter Liebhaber, Grace Kelly neu arrangiert.

Rita hat alles aufgegessen. Ich konnte Maria nicht einmal einen Kaffee anbieten, weil von dem einen Liter Milch, den ich gestern besorgt hatte, nichts mehr da war.

Es ist ganz so, wie ich es mir vorgestellt habe: Sie trinkt keinen Kaffee ohne Milch und Zucker, hat Kopfschmerzen, will keine unklaren Verhältnisse. Und ich hab' keine Lust auf Kicher- und Küchennächte, auf ungemütliche Zigaretten, weil sie es nicht erträgt, daß ich im Bett rauche.

Es wäre vielleicht nicht schlecht, wenn ich ihnen meinen alten Artikel über „Il Sole 24 Ore" anböte; Pucher wird natürlich glauben, die „Financial Times" sei die größte europäische Wirtschaftszeitung. Wer spricht hier schon Italienisch: Opernfreunde, Grenzlandprofiteure, gewiß keine Finanzmagnaten.

Rita? Da war doch was.

Ich hab' ihnen schon einmal den Vorschlag gemacht, bedeutende italienische Zeitungen zu porträtieren, das interessiert sie nicht; sie halten es nicht aus, daß ein ganzes Land ohne Boulevardpresse auskommt, daß ein rigoros wirtschaftlich ausgerichtetes Blatt, das so gut wie ausschließlich auf einen Binnenmarkt angewiesen ist, erfolgreich ist. Die Italiener lesen Zeitungen eben nicht zur Unterhaltung. Sogar beim Platz-Wirt liegen die lachsfarbenen Seiten, unter dem Kirchenblatt, und keiner traut sich etwas gegen die „walsche" Zeitung zu sagen. „Norme e Tributi" und „L'Esperto Risponde" lesen einige unter ihnen mit genauso viel Aufmerksamkeit wie die Todesanzeigen. Wenn's ums Geld geht und ums Schröpfen, sind alle Prinzipien vergessen. Die wissen ganz genau, daß sie nirgendwo sonst so detailliert über Gesetzesänderungen, Steuern und Gerichtsurteile, die ihr persönliches Einkommen betreffen, informiert werden.

Pucher wird mich damit in die Wirtschaftsabteilung schicken, dort wird man vorerst aus Platzgründen ablehnen, bleib' ich hartnäckig und versuche es sieben Tage später wieder, wird man den

Artikel zu „spezifisch“ finden. Wissen Sie Herr Ortner, das Blatt ist hierzulande unbekannt. Im übrigen – und die Idee wird dem Ressort-Leiter im selben Moment kommen – planen wir schon seit längerem etwas Ähnliches. Das Ähnliche wird einen Monat später erscheinen, z. B. unter dem Titel „Europäische Wirtschaftszeitungen – ein Vergleich“. Ich werde ganze Absätze wiedererkennen.

Ihre Tür ist offen. Hat sie Angst?

Wie bring' ich's ihr nur bei, daß da nichts mehr zu holen ist. Keinen Teller hat er ganz gelassen. Am hellichten Tag. Sogar das WC hat er versucht abzumontieren. Gläser, Tassen, Spiegel in Scherben, das Waschbecken hagelkörnig in der Gasse. Turchetto soll den Ablaufstöpsel aus den Trümmern gefischt haben, wie zum Beweis. Ich seh sie vor mir, die venezianischen Hausfrauen in ihren kurzen Übergangsmäntelchen, die geduckten Pensionisten, wie sie sich in die Geschäfte retten, in die Post, in die Metzgerei, in den Maskenladen, wie sie zwischen baumelnden Rindervierteln und Schweinehälften, zwischen Sonnen- und Mondgesichtern Richtung Fenster glotzen, aus dem der Emailklotz fiel; und hinter der Auslage mit dem Plakat „Ali di pollo, punta di petto, trippa, arrosti“ schlagen die leeren Aufhängebügel über Turchettos Kopf zusammen.

Im Sommer, wenn er nur mit einem grünen Gitter absperrte, die Tür offen blieb, hörte man das Rauschen seiner Kühlanlage bis in Ritas Wohnung hinauf.

Pia hat recht, man darf sie jetzt nicht nach Venedig fahren lassen, nicht solange Ennio in diesem

Zustand ist. Rita könnte sich mit ihr in Udine treffen oder auf halber Strecke in Klagenfurt, und ich bring' sie hin.

3

Zu Mittag ist die Zimmertür zu, auf dem Küchentisch liegt ein Zettel: Schlaf dich aus, ich ruf dich an.

Rita riecht Regenluft, streift sich ein T-Shirt über, geht zum Fenster, um es zu schließen. Auf den Karosserien der Autos spiegelt sich das grelle Licht der hervorbrechenden Sonne. Jemand im Haus beginnt zu hämmern. Wieder bleibt ihr Blick an den Bildern hängen, und jetzt weiß sie, um welchen Markt es sich handelt. Es ist das theresianische Viertel von Triest; mehrmals ist Ennio mit ihr dort gewesen, vor allem in den ersten Jahren.

Wie die meisten Venezianer hat auch er ein Auto auf dem Festland stehen, einen weißen Fiat 127, den er von seiner immer kurzsichtiger werdenden Tante übernommen hat. Obwohl man den Inselbewohnern nachsagt, sie seien die schlechtesten Autofahrer Italiens, ist Ennio immer vorsichtig gefahren, manchmal sogar geschlichen, als müßte er mir mit jeder einzelnen Spazierfahrt das Gegenteil beweisen; sein Vater war ein Sonntagsfahrer, beschleunigte unentwegt, um gleich wieder zu bremsen, sodaß es einen gegen die Windschutzscheibe warf, wenn man sich nicht rechtzeitig am Türgriff oder am Handschuhfach festhielt.

In Triest haben wir im Viale XX Settembre gewohnt, bei der Tochter einer Kusine seiner Mutter. Immer hat es irgendwelche Verwandte gegeben, die beleidigt gewesen wären, wenn man nicht bei ihnen nächtigte. Antonellas Wohnung liegt im Zentrum, in der „Spatzenallee“, einer Fußgängerstraße mit Platanen und Häusern mit schmalen Balkonen. Letztes Jahr bin ich mit Anton allein hingefahren; bereits im Zug hatte er damit begonnen, Wohnort, Arbeitsplatz und Spaziergänge der Romanfiguren eines Triestiner Autors zu notieren, sodaß wir das ganze Wochenende damit beschäftigt waren, die Routen erfundener Personen nachzugehen.

Rita ärgert sich darüber, verschlafen zu haben. Sie sucht im Bad und in Antons Zimmer nach den Spuren der Neuen, bemerkt nichts Auffallendes. Enttäuscht setzt sie sich in die Küche, nagt an einem alten Stück Brot, läßt ihre Augen umherwandern, findet nichts, was sie fängt.

Ich verschlafe die Vormittage, sitze die Nachmittage ab, bis mich Anton holt, mitnimmt; dann spür ich mich wieder, spür die Erregung, eine leichte Unruhe voll Erwartung, und alles ist wieder ein bißchen so wie in der ersten Zeit mit Ennio: es wird geredet, ununterbrochen wird erzählt, wenngleich anders, ohne Glanz, ohne Berührung. Sie sprechen mit gleichgültigeren Augen, sie wiederholen, was sie in ihren Zeitungen geschrieben haben, und ich halte den Mund, wühle in meinen Vergleichen. Sag etwas, pflegt Anton zu sagen, aber ich hinke ihren Sätzen hinterher, falle immer weiter zurück, bis ich sie verloren habe, meinen eigenen Gedankenweg gehe.

Auf dem Fischmarkt beginnt jetzt das große Wegräumen, das Spülen und Reinigen. Für einen Augenblick empfindet Rita Mitleid mit Ennio, stellt sich vor, wie er die Metallschalen unters Wasser hält, mit nassen Ärmeln und blutverschmierter Schürze die Kisten in die Kühlzellen schleppt.

Ich will, daß die Zeit verrinnt, sagt sie sich, nichts sonst, es soll alles weitergehen und nichts an mich herankommen, so wie damals, als ich Vater verlassen habe. Anfangs trägt man den Schmerz mit sich herum, er ist überall spürbar, als Druck im Magen, als Hämmern hinter den Schläfen, als Muskelziehen und schlechter Speichelgeschmack, schließlich lernt man, ihn abzulegen, ihn auf Landschaften und Gegenstände zu übertragen.

Ich bin am Strand gestanden, habe zugeschaut, wie sich die Wellen in den Sand hineingruben, glücklich über das erinnerungsfreie Bild, über den tiefblauen Himmel, bis ein Lastwagen in meiner Nähe hielt, und mehrere Männer mit gebogenen Gabeln Algen aufzusammeln begannen, sie auf die Kippritsche warfen; da verwandelte sich das Meergras in Heu und der Lastwagen in einen roten Traktor. Ein anderes Mal – es war schon wieder Sommer – verbrachte ich einen Nachmittag auf San Erasmo; ich schlenderte an Zucchini- und Tomatenfeldern entlang; die Luft flimmerte, und in den Wehren quakten Frösche, paarten sich regungslos in der Sonne. Plötzlich setzte das Geräusch einer Motorsäge ein; ich zuckte zusammen, wandte mich um, sah nur noch Wald um mich, dann den Kahlschlag, dahinter das gepolterte Langholz, und die Pfähle, die es hielten. Ich rannte über die Felder, Hals über Kopf, als würde man mir nachsetzen. Außer Atem und in schmutzigen Sandalen kam ich zur Anlegestelle; die Motorsäge war schon nicht mehr zu hören, Inselbewohner gafften mich an, wunderten sich, daß ich lief, wo doch weit und breit keine Fähre zu sehen war.

Während Rita die Tischdecke zusammenlegt, um sie aus dem Fenster auszuschütteln, klingelt das Telephon. Ein Kulturveranstalter namens Klein will Anton sprechen; sie diktiert ihm die Nummer der Redaktion. Nachdem er aufgelegt hat, schaltet sie den Anrufbeantworter ein und geht ins Bad, um sich zu duschen. Wieder klingelt das Telephon; sie dreht die Brause ab und wartet auf die Tonbandstimme. Als sie Antons Stimme erkennt, springt sie aus der Badewanne, hebt ab. Unter ihr bildet sich eine Lache, auf dem Parkettboden sind nasse Tritte, Rita fröstelt. Hör zu, ich komme aus der Dusche. Keine Ahnung. Wer ist die Neue?

Sie verteilt mit der Ferse das Wasser auf dem Fußboden, damit es hinterher schneller auftrocknet.

4

Ich erzähl dir später davon. Pia hat angerufen. Sie ist nächste Woche in Udine, bringt deinen Paß mit. Ich fahre mit dir nach Klagenfurt, besuche Hans-Peter. Warum? Du kannst beruhigt sein, Ennio geht es gut.

Ich hole dich ab. Josefstädter Straße Ecke Albertgasse.

Zum Glück ist sie ohne Kind, das fehlte jetzt noch; andererseits wäre sie nie von ihm weggegangen, hätten sie ein Kind gehabt. Seine Mutter hat ihr schon nach einem Jahr eingeredet, sie müsse nach Monterchi, zur Madonna del Parto. Die Tatsache, daß man die Madonna aus der ursprünglichen Kapelle entfernt hatte, hinderte Ennio nicht daran, den heiligen Ort aufzusuchen. Daß der Blick auf das Fresko folgenlos bleiben würde, war ihm erst klar, als er mit Rita unter den Halogenstrahlern im Museum stand. Hilflos, erzählte sie, habe er auf die eingeglaste Muttergottes mit dem gewölbten Bauch gestarrt, sie bei der Hand genommen und ins Freie gezerrt.

Maria will auch ein Kind; wir haben noch nicht einmal miteinander geschlafen und schon redet sie davon. Maresch hat recht: keine Frauen über dreißig, man riskiert mit jeder Affäre eine unfreiwillige Gehaltskürzung.

Ausgerechnet Denzel wird nach Tuzla geschickt. Die Chefredakteure sind übergeschnappt. Er hat keine Ahnung, glaubt, Bosnien-Herzegowina sei zu zwei Dritteln kroatisch, gerade daß er Izetbegović und Milošević nicht verwechselt. Irgendwer will ihn draußen haben, wartet auf den ersten, nichtwiedergutzumachenden Fehler. Oder man baut einen weiteren Krisengebiet-Jungstar auf, um die Familienväter zu schonen. Keiner sagt ihm, daß Schießen dort zum Alltag gehört, daß er sich als Kriegsreporter einem größeren Risiko aussetzt als als Bombenentschärfer. Von einem Neutralitätsbonus auszugehen, ist Wahnsinn; das funktionierte in Vietnam oder in Kambodscha, heutzutage muß man Partei ergreifen, um nicht auf beiden Seiten als Feind gehandelt zu werden.

Maresch verschwand auf der Toilette, als in die Runde gefragt wurde, wer denn nun fahren würde. Und Simonitsch steigt sowieso nur in ein Flugzeug, wenn ihr Hotelkontakte gewiß sind.

Am Anfang hab' ich mich auch überreden lassen, dachte, ich müsse mich hinaufschreiben, um irgendwann als Korrespondent nach Rom zu dürfen. Das Photo eines verbrannten Kindes und seiner Mutter in einer von Kroaten zerstörten serbischen Siedlung bei Pakrac fand Maresch obszön, in Wirklichkeit wurden Geschichte und Photo nicht abgedruckt, weil sie pro-serbisch waren. Ich rastete aus, verließ türknallend die Redaktionssitzung und fuhr dennoch wieder und wieder nach Kroatien.

Daß Maria nicht anruft.

Simonitsch lehnt am Türrahmen und fragt Denzel, ob er einen Kaffee will. Erst verdreht sie Maresch den Kopf, dann bearbeitet sie Denzel, obwohl sie ihn nicht ausstehen kann; und Pucher schmilzt unter ihrem Lächeln. Ausgesprochen freundlich war er heute: Herr Ortner, Sie können es sich aussuchen: die „Quick" wird eingestellt, Antonioni wird Ende des Monats achtzig und in Venedig finden gerade die Filmfestspiele statt.

5

Es gibt hier nichts, was mir wirklich gefällt, was es wert wäre, sich niederzulassen. Rita horcht, saugt ein, sammelt hier einen Satz, dort ein Gesicht.

Hier also lebt Anton, schreibt, um zu leben. Hierher ist er gezogen, um das Schreiben zu lernen, um die Stottersprache abzulegen; hier verdient er sein Geld, das er dort nicht verdienen würde, Sprachgewandte sind ihnen suspekt, sie reden die Wahrheit herbei und die Lüge, sie werden bezahlt für etwas, das unanständig ist. Paß auf, der redet dich nieder, sagte Vater und hatte Angst vor den Worten, machte einen Bogen um die Quassler. Da wir ja alle wenig redeten, bekam das einzelne Wort ein übermäßiges Gewicht. Sprachgewandte erdrükken, sind Machtentzieher. Deshalb ist intellektuelle Arbeit, Wortarbeit sozusagen, verpönt, deshalb bezahlen sie sie schlecht, um zu zeigen, daß nur der Körper zählt auf diesem schönen Stück Erde; die Heimat darf nicht beschrieben, sie muß bearbeitet werden, fruchtbar sein nur im konkreten Sinne, geistlos fruchtbar.

Der Regen hat den Staub weggespült, die Stadt glänzt. Rita betritt eine Bäckerei, blamiert sich, weil sie ein Schweinsohr verlangt, die Wiener zum Schweinsohr aber „Palmblatt“ sagen. Sie beißt in den Blätterteig, fragt sich wieder einmal, ob es erlaubt sei oder nicht, auf offener Straße zu essen, ob es nicht etwa unanständig sei, genauso wie es unanständig sei, in aller Öffentlichkeit zu urinieren oder zu lieben. Sie läßt das angebissene Gebäck in ihrer Jackentasche verschwinden, holt es erst wieder hervor, als mehrere Passanten an ihr vorbeigegangen sind.

Ennio hat es unmöglich gefunden, auf der Straße zu essen; er verabscheute Touristen, die auf den Campi ihre Brote verzehrten oder im Gehen kauten. Nicht einmal bei Arbeitern tolerierte er diese Art zu essen.

Johanna hatte die von uns allen verhaßte Angewohnheit, bereits auf dem Nachhauseweg am Frühstücksbrot zu nagen. Obwohl sie Vater mehrmals ins Dorf zurückgeschickt hat, um einen neuen weißen Wecken zu kaufen, den er ihr zudem von ihrem Taschengeld abgezogen hat, konnte sie sich nicht beherrschen, zupfte und nagte am Laib, bis er verunstaltet und an den Enden feucht auf den Tisch kam. Mutter hat dann die angenagten Endstücke abgeschnitten, sie ihr kommentarlos auf den Teller gelegt. Immer schon hatte Johanna Angst, zu kurz zu kommen; Ostern verschwand alle Schokolade in ihrer Schürze, selbst von den hartgekochten Eiern legte sie sich einen Vorrat an, wickelte sie in Zeitungspapier und versteckte sie in einer Schuhschachtel unter ihrem Bett. Das hatte sie von Emma, der Großtante, die den ganzen Tag damit beschäftigt war, Speisereste, die sie anderen Heimbewohnern von ihren Tellern kratzte, in Nylonsäckchen unterzubringen. Die ihr wertlos erscheinenden Nahrungsmittel warf sie samt Beutel ins Klo und verursachte regelmäßig Verstopfungen. Immer wieder mußte Mutter ins Versorgungshaus, um sie davon zu überzeugen, daß sie nicht verhungern werde. Würfelzucker und Schokolade legte sie vor dem Schlafengehen unters Kopfkissen. Aus Angst, eine der Schwestern könnte sie ihr wegnehmen, umklammerte sie bäuchlings liegend mit beiden Armen das Kissen und stand nicht auf, bis es hell wurde. In der Früh verstaute sie die Süßigkeiten in einer Sondertasche, die sie mit sich herumschleppte und nur beim Baden auf einen eigens dafür herangeschafften Hocker ablegte, ohne sie auch nur eine Minute aus den Augen zu lassen. Antons Überlegung, sie werde mit dem Horten aufhören, wenn er ihr erst einmal vierzig Tafeln feinster Milchschokolade geschenkt habe, erwies sich als falsch. Ab diesem Zeitpunkt litt sie an Schlafstörungen, einerseits weil die unter ihrem Kopf aufgeschichteten Tafeln eine bequeme Schlafstellung verhinderten, andererseits hatte dieser plötzliche Reichtum etwas Unerklärliches für sie. Von Anton sprach sie mit großer Ehrfurcht. In den letzten Jahren vor ihrem Tod – sie schlief im Garten auf einer Bank ein, neben sich und auf ihrem Schoß die Nylonsäckchen – vermachte sie uns nach und nach die verformten, längst verfallenen Schokoladen, nicht ohne den Restbestand jedes Mal zu inventarisieren. Anton wurde von ihrer Großzügigkeit ausgenommen, obwohl sie sich sonst nicht scheute, Handtücher oder Badelotionen, die sie von Mutter und Johanna bekommen hatte, in derselben Verpackung an mich weiterzugeben. Anfangs bemühte sie sich noch, auf das Geschenkpapier zu achten, aber schon bald verzierten Weihnachtsmänner das Osterpaket.

Als ich Emma das letzte Mal besuchte, saß sie in sich zusammengesunken auf dem Bett, schüttelte den Kopf, billigte alles, was ich sagte, mit unzähligen Jas. Selbst dort, wo sie eigentlich hätte verneinen müssen, nickte sie sanft und geistlos, als sei sie mit einer anderen, mir unbekannten Person in einen Dialog verwickelt, deren Gegenrede – so schien es mir – nur ich irrtümlicherweise auf mich bezogen hatte.

Es gibt viele Möglichkeiten, die Zeit totzuschlagen, sagt sich Rita, doch alle haben das gleiche Ziel, auf nichts zu warten und insgeheim auf alles Mögliche zu hoffen. Man tritt aus der eigenen Ungeduld heraus, ist ruhig und ohne Ärger.

Die Sonne scheint, junge Väter drehen mit ihren Kindern eine Fahrradrunde. Im Resselpark wischt eine ältere Dame die Bank sauber. Rita überlegt, ob sie sich dazusetzen soll, dann geht sie weiter, vorbei an pissenden Hunden und balzenden Tauben. Mehrere Skateboarder benützen den Haupteingang der Karlskirche als Sprungschanze und poltern über die Steintreppen. In Venedig nahmen sie von den Brücken aus Schwung und rasten durch die Gassen oder fuhren quer über die Plätze, stoppten ihre Bretter an stillgelegten Brunnen. Vormittags fluchten die einkaufenden Pensionisten, nachmittags kreischten die Mütter aus Angst um ihre kleinen Kinder.

Rita geht zurück, nickt der Dame zu und setzt sich neben sie auf die saubere Bank. Vor ihnen stehen mehrere türkisch sprechende Jugendliche und rauchen. Die Dame sagt nichts, rückt auf der Bank unruhig hin und her, schüttelt den Kopf, als die jungen Männer in Richtung U-Bahn verschwinden, bricht sie in lautes Schimpfen aus. Früher war alles anders, sagt sie. Früher, denkt Rita, war nur die Angst da; jetzt ist das Alter dazugekommen, beide zusammen sind kaum zu ertragen. Ohne sich zu verabschieden, steht Rita auf und geht davon.

Etwa hundert Meter von der Dame entfernt stehen mehrere Mädchen im Kreis; das größte unter ihnen zählt sie aus. Ein Junge läßt lange Zeit seinen Schlüsselbund baumeln, bevor er ihn auf die Lenkstange seines Fahrrads hängt. Ein anderer reißt Zweige von einem Strauch. Als Kind bin ich aus Ärger über meinen Vater in den Wald gegangen, um von den frisch gepflanzten Bäumchen die Spitzen abzureißen. Einmal hat er mich geohrfeigt, weil ich im Vorbeigehen von einer Fichte einen Fruchtzweig abgebrochen habe, aus reiner Langeweile und ohne die geringste Absicht.

Rita umrundet das Wasserbecken vor der Karlskirche und beschließt, den Ring entlang Richtung Donaukanal zu spazieren. Bis zu ihrem Treffen mit Anton fehlen zwei Stunden.

Er kümmert sich rührend um mich, ist immer darum bemüht, meine Abende zu füllen, so als hätte er Angst, mich in jenem Zustand vorzufinden, in dem er sich selbst Monate lang befand, nachdem Marianne sich verabschiedet hatte. Sie überquert den Schwarzenbergplatz, weiß sich im ersten Moment nicht zu orientieren; vom Hochstrahlbrunnen weht eine leichte Brise her. Am Eingang zum Stadtpark beobachtet sie eine Sandlerin, die ihre Sachen umpackt und dabei halblaut vor sich hinredet.

6

Warum kann sie sich nicht in ein Taxi setzen und hierherkommen. Es ist ihr nicht beizubringen. Sie hat mehr von Vater als ihr lieb ist.

Andererseits, wo hätte sie es lernen sollen; zuhause gibt es keine Taxis, nur das Nachbardorf besitzt eine Art Touristentaxi, dessen Fahrer im ganzen Tal als Schürzenjäger verschrien ist. Auf einer Tafel vor dem Lebensmittelgeschäft seiner Frau werden Fahrten zum Gardasee und in die Dolomiten angeboten. Einheimische steigen nicht ein; die Frauen kämen ins Gerede, von den Männern würde man sagen, sie wollten protzen. Und in Venedig benützen es nur die, die sich ein Zimmer im „Gritti" oder „Danieli" leisten können.

Irgendwann muß ich sie auf ihre Zukunft ansprechen. Vater wird man auch die Wahrheit sagen müssen oder wenigstens Johanna darüber informieren, daß sie hier sitzt.

Maria? Stellen Sie sie durch. Nein, sagen Sie ihr, daß ich schon weg bin.

Man versteht sein eigenes Wort nicht; während der Redaktionssitzungen kriegen sie ihren Mund nicht auf, pflegen ihre Magengeschwüre, kaum ist der Ressort-Leiter aus dem Blickfeld, haben die Chefredakteure das Haus verlassen, ziehen sie über sie her, raunzen und murren. Morgen stehen sie wieder stramm, ballen die Faust in der Jackentasche, grüßen freundlich.

Simonitsch reckt gierig den Hals. Maresch fuchtelt mit den Händen, begafft sie mit seinen kleinen, durchdringenden Augen. Blutegel sind sie, am Unglück der Welt, gnadenlose Parasiten, sie kennen keinen Unterschied im Tonfall, sprechen über Tote, als sprächen sie über Hutformen, sammeln Schicksale.

Als Denzel es heute zum ersten Mal wagte, Puchers Kommentar zu kritisieren, schauten sie ihn entsetzt an und rutschten nervös auf ihren Sesseln herum. Hinterher klopften sie ihm anerkennend auf die Schulter. Nach außen predigen sie Demokratie, Antimilitarismus, Menschlichkeit, innerlich sind sie organisiert wie eine Armee.

Ein Anruf? Schon wieder Maria? Ich bin nicht zurückgekehrt. Ich werde heute nicht mehr zurückkehren. Allein wie sie die Handtasche über dem Küchentisch ausschüttete, ohne Scham. Tampons und Lippenstift fielen zu Boden. Neben dem Salzstreuer lagen Taschentücher, Freßzettel, eine Haarspange. Die Unterrichtsmaterialien steckten in Klarsichtfolien und lagen ordentlich übereinandergeschichtet auf dem Stuhl. Sie bedauerte, daß keine Milch im Haus war, aber in diesem Bedauern steckte bereits der erste Vorwurf. Dann schraubte sie den Verschluß der Füllfeder herunter, hielt sie gegen das Licht der Küchenlampe. Hast du Tinte?

7

Es hört sich an, als prallte ein Vaporetto gegen einen Landungssteg, als schlüge ein Boot gegen eine Hauswand. Rita hebt irritiert den Kopf, das Geräusch ist nicht auszumachen. Neben ihr bleibt die Straßenbahn stehen; die Türen öffnen sich. Eine dicke Frau, die einen Hund im Arm hält, rempelt sie im Vorübergehen an. Sie entschuldigt sich nicht, stellt den Hund auf den Gehsteig und fährt ihm mehrmals mit der flachen Hand über den Rücken.

Hin und wieder verschwindet die Stadt, fällt der Kran um, steigt das Wasser: der Ring wird schiffbar. Ich seh die Schnörkel, die spätgotischen Fenster, die Kuppeln und Ennios Haar, die Narbe auf dem Handrücken.

Die Angst wird groß werden. Während sie sich diesen Satz vorsagt, erfaßt sie eine erste heftige Beklemmung. Sie kramt nach einem Papiertaschentuch, setzt sich auf eine Bank vor dem Stadtpark.

Der Schlag ist das Ende und mit diesem Schlag laufen die Gedanken rückwärts. Wieder und wieder muß ich ihn lieben, muß gelacht, hervorgezogen werden, was die Gewohnheit längst abgestellt hat.

Es hätte auch Werner werden können; Johanna machte mich auf ihn aufmerksam, beim Brotholen sah sie seine Beine und schwärmte. Ich setzte mich in die Büsche, spähte und wartete, versäumte den Schulbus. Erst nach Wochen hatte ich den Mut, mich an den grünen Maschendraht zu stellen, durch die Quadrate zu schauen. Er spielte mit Druck, war technisch nicht so gut wie sein Gegner. Wenn er mich erblickte – so bildete ich mir ein – spielte er noch kraftvoller, zischte und heulte auf, wie ich es von den Fernsehübertragungen kannte. Unterhalten haben wir uns nie, aber wenn er die Bälle aufhob, sie in die Hosentasche steckte und die sandigen Finger am Hintern abwischte, sah er zu mir herüber, länger als es normale Neugierde erlaubt.

Er liebte es, vorne am Netz zu stehen, verschlug selten Bälle.

Kurz bevor Vater den Beschwerdebrief des Geschichtelehrers erhielt, ich käme jeden Mittwoch zu spät, flog ein Ball über den Zaun; er hatte ihn von der Grundlinie aus in eine Höhe befördert, die nur Absicht sein konnte. Ich lief ihm nach, holte ihn aus den Büschen, in denen ich mich so lange versteckt gehalten hatte, und warf ihn zurück. Da kam er zum ersten Mal zum Zaun, bedankte sich und fragte, ob ich Tennis spielen würde. Ich bejahte, ohne je einen Schläger in der Hand gehalten zu haben. Aber ich kannte mich aus; wie andere mit Büchern Schach spielen, spielte ich auf dem Papier Tennis, zeichnete Felder ein, sogar Netzrichter und Balljungen, rekonstruierte seine Spiele: Aufschlag Gegner, Netz, Wiederholung, Aufschlag, Netz, 0:15; er gewann immer, kämpfte um jeden Ball.

Ob ich mit ihm spielen wolle. Ich wurde rot, stotterte ein Nein und vermied es in Zukunft, den Umweg über die Tennisplätze zu nehmen.

Ich darf nicht. Dieser Satz prägte uns alle. Vater ließ uns nicht, unter seinen Händen bleibt man Kind, nackt und ungeformt, bis man ihn verläßt. Nur Mutter schickte uns fort, und wir durften unter

Vorwänden ausbleiben. Die Freiheit, das waren die Erledigungen, die scheinbar geruchlose Luft außerhalb unseres Gartens, die Massen der Häuser im Dorf, der Gehsteig mit den entgegenkommenden Gesichtern.

Rita steht auf. Nur nicht fallen, nicht anfangen mit dem Denken. Nach vorne schauen, hat Anton am Telephon gesagt, und auf keinen Fall den Blick davon abwenden, immerzu nach vorne, hat er wiederholt; jedes Abschweifen, jede, auch gute Erinnerung könne mich aus der Balance bringen. Mein derzeitiger Zustand sei vergleichbar mit dem Überschreiten eines Schwebebalkens. Ein Zurückblikken könnte ein Abrutschen zur Folge haben, einen Sturz in diese gänzlich unnötigen Jahre.

An zwei schwarzen Ketten hängt eine Uhr über dem Eingang, Stühle und Bänke sind mit hellbraunem Leder überzogen. Rita klopft leise auf den Tisch: die Platte ist aus holzimitierendem Fournier, und immer wieder zittert das Glas, wenn draußen die Straßenbahn vorbeifährt. Nichts ist echt, höchstens das Bild im linken Raum, wenn man durch den oberen Eingang das Café betritt. Die Vorhänge könnten genausogut beim Platz-Wirt hängen, beige-braun, mit hohem Saum, damit der Stoff besser fällt.

Ich verstehe, daß Anton immer wieder hierherkommt; in den meisten anderen Cafés haben die Ober und die Besitzer mit dem Reservieren von Tischen begonnen; jedesmal sind die freien Fenster- und Nischenplätze vorbestellt, ohne daß sich im Laufe des Abends ein Gast hinsetzen würde. Als hofften die Ober auf bessere, schönere Gäste, als bedienten sie in Gedanken ihre Wunschkunden, als brauchten sie für ihre Tagträume unangetastete Stühle, leerbleibende Tische.

Obwohl bereits Abend ist, wirft die Mauer gegenüber ein hart glänzendes Licht auf den Gehsteig. Ritas Augen suchen nach einer künstlichen Lichtquelle, dann vertiefen sie sich wieder in das Buch, das ihr Anton vor zwei Tagen in die Hand gedrückt hat. Lies, es wird dir guttun. Es klang ganz so wie Mutters: Iß, es wird dir guttun. Aber es geht nicht ohne Vorstellungen, es helfen keine Ratschläge. Ennio sitzt vor mir, er sagt kein Wort, dazwischen ein herzliches Lachen, die Geschenke – auch zuletzt noch – die Törtchen von Tonolo, die Rosen, Dahlien, Nelken. Es ist eigenartig, das, was er mir gegeben hat, den Teil, den er mir gelassen hat, den die Liebe in ihm verschenkte, werde ich nicht mehr los.

Ich lese und es bleibt mir der Titel in Erinnerung, zuletzt vielleicht noch ein Satz und die Seite dazu, so als wäre der Titel eine Straßenbezeichnung und die Seite, auf der sich der eine Satz befindet, eine Hausnummer, die mir die Gewißheit gibt, vor dem richtigen Buch zu sitzen. Ich kann mir den Inhalt nicht merken, und auf dem Umschlag steht auch nicht genug, daß ich darüber sprechen könnte. Einer von Antons Freunden wird mich heute sicher fragen, was ich gerade lese.

8

Ein Uhr zweiundvierzig, und sie ist noch immer nicht zuhause, ruft auch nicht an. Seit zwei Stunden gehe ich wie einst Mutter in der Wohnung auf und ab. War Vater unterwegs, kam ein Gewitter auf, kündigte sich Hagel an: Mutter stand am Fenster und sah ihm entgegen, selbst wenn dieses Entgegensehen Stunden dauerte. Manchmal steckte in der Besorgnis, die sie uns Kindern vortrug, wohl eine vage Hoffnung, es möge tatsächlich das eintreten, wovor sie vorgab, Angst zu haben. Einmal verspätete er sich eine halbe Stunde – er wollte pünktlich zuhause sein, weil er sich mit unserem Nachbarn verabredet hatte, um mit ihm die Beregnungszeiten zu regeln – und sie sah ihn bereits tot und zermalmt in einer Blutlache liegen. Ich habe Rita in den letzten Stunden mindestens dreimal aus der Donau gefischt.

Steht auf und läuft davon, zu keiner Diskussion fähig. Dabei fing alles ganz harmlos an: sie freute sich auf dieses Essen, trug eine Bluse, bei der ein Knopf zuviel offen war, flirtete mit Denzel, hörte sich geduldig die tausendste Erzählung einer Reise nach Venedig an und wußte sogar mit Mareschs Zudringlichkeiten umzugehen.

Sie waren allesamt erträglich, gar nicht so journalistisch besserwisserisch wie sonst. Simonitsch erkundigte sich nach Pia, vermied es taktvoll, über Ennio zu sprechen, ließ Photos ihrer jüngsten Nichte herumgehen und bot Rita ihre 150-Quadratmeter-Wohnung an, falls Paul früher als geplant aus Rom zurückkehren sollte. Schon als der Rotwein auf den Tisch gestellt wurde, hätte ich stutzig werden müssen. Rita stand auf, nahm die Flasche, ging zur Theke und tauschte sie gegen einen sündteuren Weißwein um. Maresch, der den Rotwein bestellt hatte, schwieg betreten.

Dann kam der Fisch, eine Brasse oder eine Scholle, ich kann mich nicht erinnern. Das sind keine frischen Jakobsmuscheln, sagte sie zu Maresch und begann in seinem Teller herumzustochern. Frische Jakobsmuscheln sind angewachsen, die hier hat man nach der Zubereitung zur Dekoration auf die Schale gelegt. Sie war rot im Gesicht und zitterte an den Händen. Alle schwiegen, überrascht über diesen plötzlichen Ausbruch. Ihr glaubt mir nicht, fuhr sie fort, hier – sie löste mit einem Griff die Schuppen von ihrem Fisch – dunkles Fleisch, billigste Importware aus Japan, alles andere als frisch, und ihr – sie erhob sich – laßt euch reinlegen, freßt, was man euch vorsetzt. Sie ließ die Serviette auf den Tisch fallen, zog hundert Schilling aus der Brieftasche und warf sie auf den Teller. Mehr ist das nicht wert.

Normalerweise hält Ritas Ruhe, Ritas Lächeln einen ganzen Abend, in dieser Hinsicht war sie immer schon anders als Johanna, die nach drei Sätzen erstarrte, teilnahmslos aus irgendeinem Fenster schaute. Dieses Lächeln ging ihr bisher nicht aus, es war einfach da, grundlos, und sie band sich damit ein, wortlos gehörte sie dazu. Ohne daß sie es wußte, wärmten sich die anderen an ihm, waren weniger kaltschnäuzig, weniger arrogant.

Wir sind hier nicht beim „Godio“ sagte ich, auch nicht im „Steirereck“ oder im „Schnattl“, und Simonitsch lief ihr bis zum Ausgang nach, hob den Stuhl auf, den Rita in ihrer Erregtheit umgestoßen hatte, versuchte sie vergeblich zur Rückkehr zu bewegen.

Das letzte Mal war sie so aufgebracht, als sie sich mit Vater zerstritt. Ich gehe. Du wirst nicht. Jede Widerrede bestrafte er mit Geschrei. Ihre lauthalse Auseinandersetzung lockte die Nachbarn ans Fenster, Vorhänge bewegten sich, Türen wurden einen Spalt breit geöffnet. Sie rettete sich mit einem Teil ihrer Habseligkeiten in den Garten, konnte nicht mehr zurück, weil Vater auf sie eingeschlagen hätte, sie mit Holzscheiten bewarf. Johanna schickte ihren Ältesten aufs Zimmer, stand wie immer unschlüssig und ohne Partei zu ergreifen im Türrahmen. Sie traute sich nicht, ihr beizustehen, stattdessen begann sie unter den Augen der Nachbarn das Holz einzusammeln und aufzuschichten, damit Vater, wenn er zum Kartenspielen das Haus verließ, nicht an Rita erinnert würde.

Es war ein Fehler, sie nach Wien zu holen. Nach so vielen Jahren kann sie nicht sein, wo sie gerade ist. Mit einem Bein hier, mit dem anderen dort, übergrätscht sie die Kilometer dazwischen, immer darauf bedacht, nicht umzufallen.

Sie ersparte sich zumindest die Diskussion über den Mezzogiorno. Es sind immer dieselben Klischees, die sie wiederkäuen; auch mit Ennio konnte man nicht sachlich darüber reden. Für ihn bestand Italien aus den 26 Millionen Einwohnern des Nordens, schon das mittlere Italien und Rom zählte er nicht mehr dazu.

Keine Hinweise in ihrem Zimmer, nichts, was mich weiterbringen könnte. Auf dem Nachtkästchen liegen Photos von Venedig.

Simonitsch glaubt, mit Fakten alles erklären zu können. Sie fragt sich durch, lernt auswendig; mögliche Zusammenhänge schreibt sie ab. Da ist mir Denzel lieber: manches ist aus der Luft gegriffen, reine Spekulation, aber er hat Mut und ist historisch gebildet. Der Süden, belehrte er Maresch, habe seit der Antike niemals eine einheitliche wirtschaftliche und soziale Entwicklung durchgemacht, und im Unterschied zum Norden sei der stadtbürgerliche Mittelstand immer schwach geblieben. Auch die staatliche Einigung hätte an den feudalen Strukturen im Sozialaufbau und beim Bodeneigentum nichts ändern können. Ich war zu müde, um ihn in seinen Ausführungen zu unterstützen, stattdessen fiel mir unser süditalienischer Briefträger ein; die Geschwister seines Großvaters sind zwischen 1880 und 1920 alle nach Amerika ausgewandert; an dieser Massenauswanderung leidet der Süden bis heute.

Obwohl Pinos Vater zu jenen Faschisten gehörte, die Anfang Oktober 1922 den „Marsch auf Bozen" unternahmen, das Rathaus besetzten und den Bürgermeister vertrieben, war er bei uns zuhause gerne gesehen. Weihnachten bekam er ein riesiges Stück Speck und zwei Flaschen St. Magdalener, aber auch während des Jahres wurde er von Vater mit Mutters Mehlspeisen versorgt. Wenn sie nur alle so wären, sagte Vater, sooft ich neben ihm stand und sich

Pino, vollgestopft mit Apfelstrudel, auf die Vespa schwang, um die restliche Post auszuführen. Die Brüder, Luigi und Eugenio, waren im Gegensatz zu Pino überzeugte MSI-Wähler. Vater mochte auch sie; an den wenigen Sonntagnachmittagen, die er mit Pino und den beiden in der Bahnhofsbar verbracht hatte, wollte er nichts davon bemerkt haben, wollte auch nicht wahrhaben, daß Freundlichkeit und Deutschkenntnisse vereinbar waren mit neofaschistischen Ansichten. Ennio hingegen war ihm noch nicht vorgestellt worden, schon lehnte er ihn ab. Er roch den Fisch durchs Telephon, verleugnete – wann immer er konnte – Rita, bemühte sich auch nach Jahren nicht, ihm sprachlich entgegenzukommen.

Was soll ich tun? Die Polizei rufen? Vater würden jetzt die Adern an den Schläfen hervortreten, die vertikale Stirnfalte würde sich vertiefen und Mutter ginge vors Haus.

9

Er fiel ihr auf, als er bei der Tür hereinkam, aber sie vergaß ihn wieder. Da war es noch der neugierige Blick eines Neunzehnjährigen, der, wenn man ihn ebenfalls anschaute, eine kurze Weile den starren Augen standhielt, dann aber sein eigenes Gesicht im Fenster suchte.

Jetzt, nachdem er sich zu Rita an die Theke gesetzt hat, ist seine Neugierde unverhohlen; er schaut und hört nicht auf zu schauen. Rita betrachtet das Gesicht, versucht abzuschätzen, ob sie darin das Kind belustigt oder bereits der Mann. Es ist die Kombination von begehrendem Blick und bisher kaum rasiertem Kinn, von einer Sitzhaltung, wie sie nur erwachsene Männer einnehmen und an den Jeans spielenden Fingern, die Rita irritiert und sogleich zwingt, in die andere Richtung zu schauen.

Sie nimmt einen Zettel aus der Handtasche und gibt vor zu lesen, er aber wendet sich nicht ab, nicht einmal, als sie auf den Reißverschluß seiner Hose blickt. Er fixiert sie, legt seine rechte Hand über die Wölbung, kratzt sich.

Der Kellner, hört sich Rita plötzlich sagen, sieht aus wie mein früherer Schuldiener. Wenn es regnete oder schneite, stand er neben dem Eingangsportal, schaute, ob alle Schüler auf dem Abstreifer herumtrampelten; hatte einer den riesigen Filzabstreifer übersprungen, wurde er am Ohr zurückgezogen. Warum siehst du mich an? Er grinst und nestelt an seiner Zigarettenschachtel. Hinter Rita klettert eine alte Frau auf den freigewordenen Barhocker und bestellt ein Glas Rotwein. Ihr Lippenstift hat sich nur in den Mundwinkeln gehalten.

Er deutet mit dem Zeigefinger auf sein Glas. Wollen Sie? Ohne Ritas Nicken abzuwarten, bestellt er zwei Whiskys. Sie sind nicht von hier? Acht Bahnstunden südwestlich, aus einem Dorf, der Name wird dir nichts sagen.

Die Barfrau stellt die Gläser mit Schwung auf die Theke, sodaß die Eiswürfel klirren. Er fischt sie heraus und läßt sie von der Innenhandfläche über die Fingerkuppen in den Aschenbecher gleiten.

Dann nimmt er wieder seine Zigarettenschachtel und drückt an ihr herum, mit der anderen Hand greift er sich in den Schritt. Er tut es gerade nur so oft, denkt Rita, daß man meinen könnte, es sei eine Marotte von ihm. So einer wie er ist aus gutem Hause. Sie mustert ihn. Er ist der Lebensinhalt seiner Eltern. Damit die Kinder gesünder leben, verbieten sie ihnen die Butter aufs Brot. Die gutbürgerlichen unserer Klasse erkannte man daran, daß sie nach dem Nachmittagsunterricht im Lebensmittelgeschäft hinter dem Sportplatz verschwanden, ein Viertel Kilo Butter kauften, die Butter aus dem Papier herausschälten und hineinbissen. Katharina besaß sogar ein hohles Buch auf ihrem Regal, in dem sie die Süßigkeiten versteckte.

Du kannst mich duzen.

Peter. Er reicht ihr die Hand.

Die Alte verschüttet den Wein. Rita wirft einen Blick auf ihre Hände: sie zittern, sind kräftig, von der Sonne gebräunt, Bäuerinnenhände nach einem heißen Sommer, doch an jedem Finger steckt ein Ring.

Die Whiskygläser sind bereits leer, er bestellt die nächste Runde, geht, nicht ohne Rita am Rücken zu berühren, an ihr vorbei Richtung Toilette. Als sich die Alte eine Zigarette anzündet, wird das Zittern so stark, daß es aussieht, als würde das Zündholz verlöschen, noch ehe sie damit die Zigarette erreicht. Die holt keiner mehr ab, überlegt Rita und nimmt einen kräftigen Schluck vom neuen Glas. Keiner steht hinter ihr im Bus, so wie ich hinter Ennio im Bauch des Schiffes gestanden bin, längst Mutter, nicht Geliebte, die Arme startbereit für den Fall, daß er das Gleichgewicht verlieren würde. Wie ich mich schämte, als alle ringsum auf seine Hände schauten, die nicht mehr imstande waren, ein Stück Papier in die Öffnung der Tasche zu schieben. Es rutschte und rutschte am Schlitz vorbei. Als er vor der Schiebetür war, das Schiff verlassen wollte, griff er neben die Klinke, polterte hinterdrein, daß die Scheiben schepperten. Und am Abend – er lag auf dem Teppich im Vorzimmer – wollte ich ihn schlagen: ich rutschte ihm kniend entgegen, hob die Hand, erst, als wollte ich meine Haare hinters Ohr streichen, dann schnellte sie empor, holte aus, um – für mich völlig überraschend – zu verharren. Meine Hand, die Schlaghand, ragte starr in die Luft. Ich hatte sie nie so gesehen, hatte mich nie unter ihr gesehen, nicht einmal in meinen Vorstellungen.

Rita klemmt den Aschenbecher zwischen Daumen und Zeigefinger ein und schiebt ihn mit schnellen Bewegungen hin und her.

Wenn ich jemals den Versuch unternommen habe zu schlagen, dann im Affekt, unerwartet für mich und Johannas Kinder. Es war nicht mehr als ein mutwilliges Streifen. Meine Hand verselbständigte sich für einen Augenblick, geriet außer Kontrolle, um sogleich an Kraft zu verlieren. Ich habe niemandem wehgetan. Ennio aber wollte ich verletzen.

Peter sitzt wieder auf seinem Barhocker. Wer sich an die Genitalien greift, sagt Rita, vermag Krankheiten und Unglück abzuhalten; du mußt aber die Herzhand nehmen, nicht die Rechte. Bist du einmal geschlagen worden? Er schaut erstaunt, verneint mit einem Kopfschütteln, sagt aus dem Zusammenhang gerissen: Das Eis schmilzt. Rita zieht ihre Hand vom Aschenbecher zurück. Mein Bruder, erzählt sie mit heißen Wangen, fand als Kind einen mir unheimlichen, nicht erklärbaren Gefallen an bevorstehenden Konfrontationen. Wenn er vor einer Bestrafung Vater die Treppen heraufsteigen hörte, wenn er dieses kurzatmige laute Schnaufen vernahm, setzte er sich aufrecht an seinen Aufgabentisch, die Fäuste aufgestützt, die Brust herausgestreckt und wartete, daß die Tür aufging. Ich versuchte es ihm einmal gleichzutun, doch allein die Kampfstellung kostete mich alle Kraft. Ich wollte Haltung bewahren, rutschte aber tiefer, die Fäuste gingen wie von selbst auf. Warum sagst du nichts?

Peter schiebt ihr das dritte Glas hin. Jetzt sind Sie an der Reihe. Entschuldigung. Jetzt bist du an der Reihe.

Am Anfang, sagt Rita und hält sich am Aschenbecher fest, war das Glück, dann das Davonlaufen. Campo S. Giovanni e Paolo, Salizzada S. Zanipolo, Santa Maria dei Miracoli, weißt du, wo das ist? Ich dachte damals, die Tage sollten die Träume ergänzen, nicht umgekehrt. Es gibt dort ein Licht in den Kirchen, das so raffiniert gefiltert ist, daß man glaubt, die Steine seien warm.

Wo soll das sein?

Samstag, Sonntag lagen wir am Lido hinter den Dünen, wenn man sich schnell aufsetzte, schoß das türkisfarbene Dach des Campanile wie ein Pfeil in den Dunst. Nichts, von diesen zurechtgestutzten Bäumen, keine Berge, diese waldbehaarten Ärsche, und im Sommer selten Wolken.

Rita hört Peter lachen. Sie stürzt den Whisky hinunter, nimmt einen Eiswürfel aus dem Aschenbecher und läßt ihn von einer Hand in die andere fallen. Wasser tropft auf ihr schwarzes Kleid. Du machst dich lustig über mich.

Nein, du gefällst mir; auch dein Unglück. Erzähl.

Ich brauchte nicht zu kochen, er holte alles, was ich mir wünschte: Salate, in Öl eingelegtes Gemüse, Lasagne. Erst viel später begann er wieder mit dem Wettfischen, stand Sonntag für Sonntag auf der Mole, hielt die Rute ins Meer. Unter seinem Bauch bewegte sich die Beute: lebend landeten die Fische im Wassersack und mußten am Leben bleiben, weil sie sonst an Gewicht verloren hätten. Gewonnen hat der, den die Last schon fast ins Wasser zog. Die Ungeduldigen und Ehrgeizigen rissen den Fischen die Mäuler wund. Die Ungeduldigen waren leicht zu erkennen: an den blutroten Beuteln, am heftigen Gewedel der Fischschwänze.

Jetzt kriechen sie wieder heraus, denkt Rita, Hunderte Ennios kriechen aus ihren Löchern und ich darf wieder zuschaufeln. Sie verschränkt ihre Arme auf der Theke und bettet den Kopf darauf, als sie wieder aufschaut, überkommt sie ein leichter Schwindel. Jedesmal, wenn etwas im Kühlschrank fehlte, war er dagewesen, vom Markt heraufgekommen, hatte den Geruch zurückgelassen. Wonach riechst du?

Wonach sollte ich riechen? Nach Papier vielleicht.

Rita beugt sich zu Peter, hält ihre Nase an seinen Kragen. Dann berührt die Spitze seinen Hals, der Kopf fällt auf seine Schulter.

Was für ein Traum, denkt Rita, Stunden in der Mitte eines Brückenbogenscheitels zuzubringen, und zusehen zu müssen, wie das Wasser steigt. Nirgendwo sonst stieg es; die Händler karrten ihre Waren die Fondamente entlang, verschwanden schreiend in den Gassen. Auf einem Kutter wurden Netze gereinigt, Tintenfische zerteilt. Fischaugen stierten der Säge entgegen. Er ist mein Sohn, schrie die beringte Baralte und fuchtelte mit den Händen. Sie trug ein rotes Luisa Spagnoli-Kostüm mit goldenen Knöpfen und hatte die Stimme von Ennios Mutter.

Peter schläft, kein Schnarchen stört die Nacht. Rita küßt seinen Nackenflaum und deckt ihn zu. Als sie aus dem Bett steigt, raschelt es unter ihren Sohlen. Auch der Küchentisch ist voll von Büchern und Zeitschriften. Sie sucht nach einem Topf, setzt Wasser auf. Sitzt nackt, das Haar in der Stirn, auf einem der vier klapprigen Holzstühle, die in einer Reihe unter den zwei Fenstern stehen.

Die Küche ist karg eingerichtet: in der Mitte ein Tisch, eine Kredenz neben der Tür, ohne Glas, ein Herd, ein Waschbecken, halb gefüllt mit Teetassen, Desserttellern und Besteck. Die Leuchtschrift des gegenüberliegenden Restaurants flackert durch die Fenster; statt der Vorhänge sind Leintuchteile mit Reißnägeln am Rahmen befestigt. Eine Weile sitzt sie so da, die Zeigefinger an den Nasenflügeln reibend, dann steht sie auf, sucht nach einem Kamillenteebeutel, findet keinen. In der untersten Lade liegen zwei Flaschen Barolo, Jahrgang 1988. Sie dreht die Flamme ab, entkorkt eine Flasche und kehrt damit ins Zimmer zurück.

Am Morgen weckt sie Peters Zunge an ihrer linken Brust.

10

Dieses Geschiebe und Gestoße, und Rita wieder einmal zu spät, aber gerade noch rechtzeitig, mit einer viel zu großen Reisetasche, als wolle sie Wien endgültig verlassen.

Alles in mir ist eingerostet, schon der kleine Koffer läßt mich die Handflächen spüren, die Muskeln und Sehnen meiner Finger. Die Schulter ist angespannt, es sticht in der linken Rückenhälfte, zieht die Wirbelsäule entlang bis zum Hals.

Sie hat sich herausgeputzt, als hätte sie eine Abschiedsfilmszene am Bahnhof zu spielen: aufgestecktes Haar, knallroter Lippenstift und die Minigonna, giftgrün.

Ganz unmöglich, wie sie darauf beharrte, daß alle meine Freunde Aufschneider seien, Gefühllose, die Sinnlichkeit vortäuschten.

Wo willst du dich hinsetzen? Hier sind noch zwei Plätze in Fahrtrichtung frei. Gut, ich gehe weiter. Soll sie sich doch die Strümpfe aufreißen an den herumstehenden Gepäckstücken.

Endlich ein freies Abteil, nur auf der Gepäckablage ein Aktenkoffer und ein Trenchcoat; ich liebe sie, die Reisenden, die sich, solange der Zug steht, am Gang aufhalten, um die Ein- und Zusteigenden zu behindern. Jetzt kommt er herein, setzt sich ans Fenster, grüßt, mit Blick auf seinen Aktenkoffer, springt auf, um Ritas Reisetasche hochzuheben. Gleich läßt er sich wieder in den Sessel fallen und streckt die Beine aus, damit der Platz ihm gegenüber freibleibt.

Auf dem Bahnsteig steht ein älterer Herr, über ihm die Bahnhofsuhr, auf deren Ziffernblatt der Minutenzeiger sichtbar weiterspringt. Er winkt unbeholfen. Wie bei kleinen Kindern wird seine Rechte zur Faust, öffnet sich, wird wieder zur Faust. Es sind noch drei Minuten bis zur Abfahrt.

Wenn Pia nicht die nötigen Materialien mitbringt, muß ich einen Abstecher nach Venedig machen, für „Orlando" würde es sich vielleicht auszahlen oder für „Die zweite Heimat". Aber Rita würde Probleme machen. Rita würde mitfahren wollen. Ritas schweigendes Selbstmitleid. Ritas Traueraugen. Ritas Schmerzensmund. Wie Mutter sitzt sie mir gegenüber. Kein Wort, mit wem und wo sie die Nacht verbracht hat.

Sie habe sich nicht gewöhnen können. Weil das Ungewöhnliche, nämlich sie selbst, die Fremde auf dem Wasser, immer eine Ungewöhnliche geblieben sei, eine Auswärtige, eine Dazugekommene.

Sie will sich nicht gewöhnen. Nicht einmal an Wien. Und sie habe geglaubt, endlich jemanden gefunden zu haben, der mit ihr sprechen würde, sodaß es keine Rolle mehr spielte, wo sie gerade wohnte.

Als wäre das Angesprochenwerden schon Heimat. Als gelte es nur Zungen zu bewegen, anstatt Länder zu erobern, Häuser zu bauen.

Aus der Perspektive der Hasenwiese war Venedig ein Ziel. Aber aus der Perspektive der Verlassenden, des Bahnhofs S. Lucia, ließ es, einmal erreicht, nur noch den Blick nach hinten zu: zu den sich kringelnden Löwenzahnstengeln in den Wehren, zu den Littorinas, die die 5-Lire-Münzen plattwälzten. Von dort aus waren die Jahre mit Ennio die Jahre der zukünftigen Möglichkeiten gewesen. Sie hat sie ausgereizt, sie hat die Beine gegrätscht, sie hat geglaubt: wer anderer würde das Schwarzgeschirr spülen, wer anderer würde die Speisereste aus dem Ausguß holen. Und jetzt erkennt sie, daß auf die Möglichkeiten kein Verlaß ist. Meine liebe Rita, mein Häufchen. Einmal hast du gearbeitet, um sein zu können, dann, als du keine bezahlte Arbeit mehr hattest, warst du da, um unbemerkt zu arbeiten und daher unbemerkt dazusein. Eine Tagbegleitung wurdest du, eine Wochenverbringerin. Mehr und mehr haben dich deine bösen Gedanken von innen überzogen. Wie einen alten Fetzen hättest du Ennio am liebsten ausgewrungen, den Alkohol aus ihm herausgedrückt. Man merkt es dir an, daß du durch und durch gemein bist, eine Durchtriebene. Ein Biest.

Der Aktenkofferherr hat Feuer gefangen. Er ist aufgestanden und läuft den Zuggang auf und ab, um sich zu erschöpfen; auf der Höhe unseres

Abteils schaut er durch die Türscheibe auf deine Beine. Merkst du's nicht? Du siehst gut aus. Wär' ich nicht dein Bruder.

11

Rita sitzt zusammengesunken auf ihrem Platz und schaut zum Fenster, das jetzt von vielen feinen Regentropfen bedeckt ist. Die Felder sind menschenleer. Sie richtet sich auf. Anton, durch ihre Bewegungen aufmerksam geworden, lächelt sie an.

Stell dir vor, ich bin steckengeblieben, was keiner gesehen hat, weil ich so tat, als würde ich in meiner Handtasche kramen, um nicht aufzufallen. Ich versuchte das linke Bein hochzuziehen, was mir aber nicht möglich war, jedenfalls nicht unauffällig. Es half auch nichts, den Fußballen, wie um eine Zigarette auszulöschen, gegen den Straßenbelag zu drücken. Dann kam dieser Fahrradfahrer, rollte näher und näher, verlangsamte das Tempo, sah mich an, wich nach rechts aus, um schließlich auf meiner Höhe fast zum Stehen zu kommen, möglicherweise aus Angst, ich könnte im Moment seines Ausweichens einen Ausfallschritt nach rechts tun. Als er an mir vorbei war, hat er seinen Kopf nach hinten gedreht, als wollte er herausfinden, was mich veranlaßt haben könnte, mitten auf dem Weg stehenzubleiben und seine Fahrt zu behindern. Ich stand weiterhin unbeweglich, habe zu meinen Schuhen hinuntergeschaut und erschrokken bemerkt, daß meine Stöckel zentimetertief im Asphalt steckten.

Der Aktenkoffer steht jetzt auf der eisernen Heizungsplatte. Rita schaut zur Tür, hinter deren Scheibe nichts zu sehen ist. Sie überlegt, ob sie Anton verraten soll, daß er der Fahrradfahrer gewesen sei.

Unter den Erschütterungen des Zuges klappert das Fenster, zittert Antons Sakko im Spiegel. Er verzieht keine Miene, streicht Rita kurz über den Arm und vertieft sich wieder in seine Zeitung.

Welche Worte bin ich dir schuldig, denkt Rita, damit du mich herausziehst, was muß ich gestehen. Unsere Muttersprache ist das Schweigen, dieser Blick über die Teller hinweg, das Augenniederschlagen, das verstohlene Grinsen hinter Vaters Rücken. Das weißt du doch ebenso wie ich. Das bißchen Sprache war Befehl, üble Nachrede, Streit oder aussichtslose Verteidigung. Vater verstand es mit einer Handbewegung, mit einem kurzen Stirnrunzeln, allen den Appetit zu verderben. Ein einziger Augenaufschlag konnte in uns Hoffnung wecken oder sie zerstören; und die Länge des Augenaufschlags wies bereits auf die Art der Strafe, die ihm wenig später folgte. Ich hörte ihn kommen, hörte, wie er sich dem Tisch näherte und zog oft grundlos den Kopf ein, ging mit meinem ganzen Körper in Abwehrhaltung, weil ich die Faust erwartete, eine oder mehrere Kopfnüsse, von denen er behauptete, sie würden nicht schaden.

Du hast vergessen, wie wir zwischen den Beregnungsanlagen und den Apfelbäumen herumgelaufen sind, selbst die beste Berechnung half nichts, wir kamen unweigerlich unters Wasser. Und das Regenbogensuchen, bis endlich einer über den krummen Bäumen stand. Oder das Wasser, das zur Straße hin gegen das Blech schoß, immerfort, im regelmäßigen Rhythmus, dein Hüftschwung dazu und das Lachen. Nur beim Aufspringen auf den Traktor konnte ich nicht mithalten; ich schaute dir zu, wie du dich am eisenbeschlagenen Rand festhieltst, um auf die Ladefläche des Anhängers zu gelangen, es immer wieder schafftest, auf das staubende, holpernde Fahrzeug zu springen, um dann grinsend über meine Ängstlichkeit und Schwäche zwischen den Holzkisten zum Liegen zu kommen.

Rita verläßt das Abteil. Auf dem Gang hört sie einen Mann singen, seine hohen und falschen Töne, ohne sein Gesicht ausfindig zu machen. Der Aktenkofferherr kommt von der anderen Seite, nickt und verschwindet hinter der Tür, die sie gerade zugezogen hat. Anton macht Notizen, ohne den Mann zu beachten, der sich neben ihm niederläßt: dickbäuchig, mit leicht erhobenem Kinn und einer vorstehenden Unterlippe. Er sitzt, denkt Rita, als würde er niemanden ohne Erlaubnis vorbeilassen, als könnte er über die Quadratmeter verfügen, die ihn umgeben. Die Bügelfalte ist auf der Höhe der Oberschenkel ausgesessen. Er spricht Anton an. Der Hals, der über die kleingemusterte Krawatte hängt, vibriert, weil er mehr mit den Händen spricht als mit dem Mund, der Welt seine Erklärungen aufgestikuliert, unterbrochen von der immergleichen Bewegung seines linken Mittel- und Zeigefingers

Richtung Mund, als müßte er augenblicklich Gesagtes wieder in sich hineinschieben, in sich zurückdrücken. Als er ausgeredet hat – nicht aus freiem Willen, sondern von Antons ablehnender Haltung dazu aufgefordert –, lehnt er sich zurück, die Hände über seinem Bauch gefaltet, unzufrieden mit sich und seinem Schweigen. Peter könnte sein Sohn sein.

Wozu den Mund aufmachen. Wir werden beide schweigen, jeder aus anderen Gründen: Das Verbotene, sagte Peter, konserviere die Lust. Ob ich wiederkäme. Und ich beschuldige das Glück: es hält mir Mund und Augen geschlossen. Es wird mich mein Vermögen kosten. Wenn ich liebe, höre ich mich schweigen. Ich bin verzweifelt, daß die Selbstverständlichkeit mit einem Mal verschwindet. In der Früh stand ich vor ihm, lauschte meinen eigenen Sätzen, als spräche sie eine andere, ihren Holprigkeiten, Unzulänglichkeiten. Ich bin erzogen, um zu versagen.

Peter kochte Tee, ging, um frisches Brot zu holen. Während ich unter der Dusche stand, bestrich er meine Semmel mit Butter. Sie roch ein wenig nach Zwiebel. Den Barolo stellte er in den Kühlschrank. Ich sagte nichts. Als er sich hinsetzte, fiel der Morgenmantel auseinander, und ich schloß die Augen, um mich an die Nacht zu erinnern.

Drittes Kapitel

1

Läuft in die Vinothek und kauft vom teuersten Weißburgunder. Klangvolle Namen und exorbitante Preise, die mehr Qualität suggerieren, als sie tatsächlich einlösen, haben sie immer schon fasziniert. Den bürgerlichen Schulfreundinnen glaubte sie aufs Wort. Rhetorikern geht sie auf den Leim. Wenn sie einmal von ihrer Entscheidung überzeugt ist, bringt sie nichts mehr davon ab. Es gäbe doch billigere, ebensogute Weine, sagte Hans-Peter, kam aber nicht gegen Rita an, weder gegen ihre belehrende Art, noch gegen ihren Charme. Sie roch am Glas, sprach von einem charaktervollen, finessenreichen Weißwein, von einem herausragenden Bukett, als hätte sie die Werbeworte des Weinhändlers auswendig gelernt oder höchstpersönlich jahrelang diesen Beruf ausgeübt.

Jetzt schreit das Kind, und Hans-Peter läuft nervös ins Nebenzimmer, um Maja zu beruhigen, die drauf und dran ist, ihren vier Monate alten Andrej zu verprügeln. Hans-Peter versteht noch immer kein Slowenisch, orientiert sich am Tonfall und an der Lautstärke ihrer Stimme, die ärgerlich und müde zugleich klingt.

Wie soll ich da meinen Biennale-Artikel beginnen. Die Berichterstattung in den großen deutschen Zeitungen ist unzulänglich; alle warten das Ende der Festspiele ab oder beschreiben – auf den Meter genau – die teure Holzkonstruktion, die dieses Jahr den Palazzo del Cinema schmückt. Keine Interviews mit Portoghesi oder Pontecorvo, nur das übliche Lamento über Pannen und zu spät angekündigte Programmänderungen.

Die Tür fällt ins Schloß, und Hans-Peter betritt, Andrej im Arm, das Wohnzimmer. Er zuckt mit den Schultern, legt ihn in die Tragetasche. Das Brüllen wird lauter. Maja ist davongerannt, Rita verließ uns bereits nach dem Abendessen und Pia hat in Wien auf Band gesprochen, das Material und der Paß seien im „Moser-Verdino" an der Rezeption abzuholen; sie scheue ein Zusammentreffen, fürchte Ritas Fragen. Ennio habe nun auch die Wohnung seiner Mutter kurz und klein geschlagen und sei unauffindbar.

Habt ihr Honig? Am liebsten wäre ich bei Maria. Vielleicht liebe ich sie. Ich gehe in die Küche, tunke den Schnuller ein, öffne die letzte Flasche Weißburgunder. Andrej schweigt. Hans-Peter schüttelt ungläubig den Kopf. Maja dürfe davon nichts erfahren. Beim geringsten Laut, den Andrej von sich gibt, tauche ich den Schnuller erneut in Honig. Hans-Peter lehnt sich erschöpft zurück: Ich habe ein Verhältnis mit einer verheirateten Frau begonnen.

Ich versuche zuzuhören. Das dritte Mal an diesem Abend dringt Sirenengeheul durchs Fenster. Pontecorvo, der große Verfechter des Autorenkinos, hat es fast geschafft, ein Programm ohne amerikanische Studioproduktionen zu erstellen. Ich frage mich, ob die Zahlen stimmen: hundert Millionen Schilling vom Staat, für die Kunst- und Film-biennale zusammen, fünfzig Millionen vom Veranstaltungs- und Tourismus-Ministerium, sieben Millionen vom Waschmittelfabrikanten Henkel. Die Stirnseite des Filmpalastes, dieses unansehnlichen Mussolinibaus, den man unlängst unter Denkmalschutz gestellt hat, soll einem Bucintoro ähnlich schauen. Unvorstellbar.

Wie die vorgesehenen Spalten füllen, wenn sie abwechselnd heulen. Gibt's denn keinen Seelenhonig? Kein Jahr, in dem Hans-Peter nicht ein Verhältnis beginnt. Was soll ich ihm raten?

2

Klagenfurt, denkt Rita, ist unverbraucht; nichts erinnert, mit keinem war ich hier. Dort schauten die großen flachen Köpfe der Seeteufel aus dem Wasser und ließen sich nicht aus dem Kopf verbannen. Ich sah ihre gut bezahnten Mäuler, ihre fühlerartig gestreckten Stacheln, stellte mir vor, wie sie trotz geringer Beweglichkeit auf dem Meeresboden lauerten, blitzschnell mit dem riesigen Maul ihre Beute verschlangen. Waren die Bilder endlich verschwunden, fielen mir Ennios Erläuterungen ein, von See- und Sandzungen mit schiefen Mündern, die sich tagsüber in den Grund gruben und erst nachts in die Netze gingen.

Klagenfurt riecht nicht, ist nichtssagend, gestrichen, leergefegt. So ist es möglich, an einem Septemberabend nach Sonnenuntergang zum Neuen Platz zu spazieren und nicht mehr als fünf Menschen zu begegnen. Und die Nase muß sich nicht erst anpassen, den Geruchspegel höher und höher setzen, um sich an den Gestank zu gewöhnen, an den Geruch von Seetang und totem Meeresgetier.

Anton hält diese aufgeräumten, zusammengewachsenen Dörfer, die sich Stadt nennen, nicht aus. Er war noch keine Stunde bei Hans-Peter, schon wurde er unruhig und lief zum Telephon.

Wo immer er war, sich zurückzog von der Welt, stellte er aus diesem Rückzug heraus sofort alte Bezüge her, telephonierte während einiger Tage Urlaub mit Freunden und Verwandten, hörte mehrmals am Tag seinen Anrufbeantworter ab und war jedesmal froh, wenn er an die Sätze, Worte Bekannter unverzüglich anknüpfen konnte. Dann war er, ohne eigentlich rausgeworfen worden zu sein, wieder reingeworfen in seine Welt, und obwohl abgeschnitten, wieder verstrickt in ein Netz von Nachrichten und Informationen, die er mit einer Wichtigkeit abhörte und weitergab, geradeso als sicherten sie sein Überleben.

Simonitsch habe angerufen und gefragt, wohin die schöne Schwester verschwunden sei, nachdem sie den japanischen Fisch zu recht verweigert habe. Johanna lasse grüßen. Klein bittet erneut um Rückruf und irgendeine Maria wollte es später wieder versuchen. Anton mußte alle Nachrichten laut wiederholen, erst dann begann er die inzwischen kalt gewordene Suppe zu löffeln, den Weißwein zu kritisieren und von Pia zu erzählen: sie sei verhindert, Ennio betrunken, aber guter Dinge. Ich müsse mir also keine Sorgen machen; der Paß, die Biennale-Unterlagen und etwas Winterkleidung seien von einem Bekannten im „Moser-Verdino" abgegeben worden. Sie fahre zu ihrer Mutter nach Montebelluna und werde in drei Wochen auf Burano zu erreichen sein.

Rita nimmt den Stadtplan zu Hilfe, läßt den Lindwurm rechts zurück, geht ein kleines Stück die Burggasse entlang, um wenig später in die Domgasse einzubiegen.

Per Rita Vianello. Saluti da Pia. Verwundert über die förmlichen Grüße auf dem Kuvert, das den Paß enthält, beginnt Rita – noch in der Rezeptionshalle – die Schachtel zu durchwühlen. Unter dem Biennale-Katalog und diversen italienischen Tageszeitungen liegen zwei nach Naphthalin riechende Wollpullover, doch keine weiteren Nachrichten. Sie geht ins angrenzende Café, setzt sich an einen Fenstertisch mit Blick auf das Spitzenhaus und schaut gelangweilt in den Paß. Cognome: Ortner Vianello. Nome: Rita. Cittadinanza: Italiana. Data di nascita: 27.07.1958. Luogo di nascita: Bolzano. Data di rilascio: 09.01.1989. Residenza: Venezia. Statura: 1.68. Colore degli occhi: Castani.

Die Kellnerin muß sich erst von ihrem Gesprächspartner an der Theke losreißen. Außer Rita sitzt noch ein Mann am Nebentisch, von dem sie nur den Rücken sieht und das schüttere, dunkle Haar. Er scheint vertieft, dreht sich auch nicht um, als Rita laut über die Tische schreiend einen Tee bestellt. Vor dem Fenster steht händchenhaltend ein Paar, das sich nicht entschließen kann, das Café zu betreten.

Rita betrachtet das Sakko ihres Tischnachbarn, versucht sich zu erinnern, wo sie dieses Pepita-Muster gesehen hat. Erst als sie die schwarz-weiß verzerrten Karos nach untenhin verfolgt, fällt ihr Blick auf den Aktenkoffer. Sollte er sich umdrehen, überlegt Rita, werde ich so tun, als spräche ich kaum Deutsch.

An der Theke wird nun eine Verabredung getroffen, und die Kellnerin lacht laut auf, nachdem ihr der Thekensteher etwas ins Ohr geflüstert hat.

Warum, fragt sich Rita, erinnere ich mich an die sechseckigen Fliesen, vielleicht waren es sogar Genueser Fliesen, einige ein wenig abgenützt, stellenweise gesprungen, andere wackelten leicht, wenn man den Barhocker von der Theke wegschob, aber den Namen des Lokals habe ich mir nicht merken können; auch nicht die Gasse, nicht das Hemd, das er trug und die Farbe der Schuhe. Sie spürt ihren Bauch, diese Aufregung, die ihn erst zusammenzieht, dann wie eine auslaufende Welle wieder zum Erschlaffen bringt.

Als sie Peters Gesicht nachzuzeichnen versucht, erhebt sich der Aktenkofferherr von seinem Stuhl und dreht sich um. Sofort geht er auf Rita zu, begrüßt sie herzlich.

Er trägt keine Krawatte mehr, wirkt erlöst. Die Augen tanzen freudig hin und her.

Ob sie ein Glas. Nicht hier, sondern am Wasser. Es ist ein zärtliches Betteln wie das von Kindern um Süßigkeiten, das Rita nicht abzuschlagen vermag. Sie nickt, berührt von dieser – wie ihr scheint – grammatikalisch richtigen Sprache, jedoch sonderbaren Betonung mancher Wörter. Leben Sie in Klagenfurt. Arbeiten Sie hier? Rita lauscht und lächelt. Das Paar hat inzwischen kehrt gemacht und schlendert, eng umschlungen, an den hohen Fenstern vorbei.

3

Was soll ich mit ihr machen, wenn Paul zurückkommt, seine Archiv-Arbeiten abgeschlossen sind. Zuhause gibt es kein freies Zimmer mehr und die Wohnung in Venedig ist mittlerweile, wenn man Pia Glauben schenken kann, unbewohnbar.

Ich verstehe nicht, ob Rita etwas sucht, etwas Bestimmtes verfolgt oder ob sie Tag für Tag davonläuft. Das erste Mal habe ich sie besucht, weil ich einen Karneval-Artikel schreiben mußte. Sie begleitete mich in das notdürftig eingerichtete Pressezentrum, in dem sich circa dreißig Journalisten um das Veranstaltungsprogramm rauften. Ich war ein Neuling, verunsichert von dem Getänzel und Geschrei. An jeder Ecke Polizei und Photographen, und dazwischen phantasielose Rhombengewänder oder weiß geschminkte Visagen mit und ohne Träne. Ich habe über die Abgewanderten geschrieben, vierzigtausend in den letzten zwanzig Jahren.

Die Zugereiste zählt jetzt auch zu den Abgewanderten. Dabei gab sie sich so viel Mühe, heimisch zu werden, äffte die Intonation des venezianischen Dialekts nach, was zuweilen lächerlich klang, und war schon glücklich, wenn man sie einer rein italienischsprachigen Provinz zugehörig glaubte.

Es war die Zeit der Spaziergänge, abends die Riva entlang zum Café Paradiso, dort saßen wir unter Bäumen, und während unsere Zehenspitzen in den Kieselsteinen wühlten, erzählte sie wild gestikulierend von der großen Liebe ihres Lebens, von Zentauren und geflügelten Löwen, von Drachen und Wasserspeiern. Sie traute ihren Augen nicht, diesem Wunder, diesem Märchen, glaubte nicht an ihre Fähigkeit, Bilder festhalten zu können, schoß ein Photo nach dem anderen, bis die Stadt nach Jahren in ihren Besitz überzugehen schien. Da ahnte sie instinktiv, daß das Glück nicht die Stadt sein konnte, daß die Angst, die Bilder könnten sich davonmachen, unbegründet war, daß sie vielmehr eine andere Angst beschlich: der goldene Fisch, der ihr ins Netz gegangen war, wurde nach und nach zum schleimigen Monster.

Es hat lange gedauert, bis ihre Schlösser mit den tubaartigen Kaminen zu gewöhnlichen, untergehenden Häusern wurden, bis sie aufhörte, auch noch im Nebel den Blick scharf zu stellen, nach Details zu suchen: hier eine Einlegearbeit, dort Brüstungen und Kapitelle, die ihr gefielen. Nur über die platzsparenden Treppenschächte ärgerte sie sich von Anfang an. Kinderwagen, meinte sie, könne man keinen hinauftragen.

Jahre hat sie vertrödelt, als wollte sie aushalten, als gelte es eine bestimmte Anzahl von Tagen abzusitzen, hinter sich zu bringen, damit sich alle an den Zustand gewöhnten, ihn vielleicht verstünden und damit für gültig erklärten oder ganz einfach vergaßen. Sie wurde vergessen, ihr Zustand jedoch zum Triumph des Vaters. Er kann sich nie am Glück anderer erfreuen, weiß jedem Glück und jedem Erfolg gleich etwas entgegenzusetzen, als würde das Glück anderer sein eigenes verhindern, als gäbe es das Glück nur in kleinen Mengen, und keiner käme rechtmäßig an es heran.

Was Rita an ihrem Dorf gehaßt hatte, war in Venedig noch deutlicher zu spüren: sie war in eine Stadt geraten, die keinen Abstand kennt. Schneller als sie wollte, lernte sie die Fensterläden schließen, nicht wegen der Hitze oder Feuchtigkeit, sondern weil sie, was drinnen passierte, abschirmen wollte gegen das Draußen, gegen die lauernden Köpfe hinter den maurischen und gotischen Fenstern. Sie vereinsamte, machte anfangs noch Ausflüge in die Nachbarstädte, nach Treviso oder Padua, um der Enge zu entfliehen, saß im Winter oft Stunden im „Pedrocchi", weil dort keiner Anstoß nahm an Frauen ohne Begleitung.

Ennio umschwärmte sie ein paar Jahre, versprach und überredete, zeigte sie wie eine Exotin herum, wünschte sich aber doch nichts sehnlicher zur Frau als eine Insulanerin, die mit Mollusken umzugehen versteht, die weiß, wie man Meerspinnen knackt, sich nicht vor Panzertieren ekelt. Und Rita log ihn an, spielte ihm etwas vor, nannte ihn noch „mio tesoro, mio amore", als sie längst besser und genauer sah, ohne Anteilnahme. Es gelang ihr, ihn auf subtilste Weise zu quälen, indem sie den Mund hielt, er niemals wußte, woran er war.

Wie Mutter schwieg sie und nährte die Schuldgefühle.

Die Flasche ist leer, ich brauche noch ein paar Gläser, damit ich einschlafen kann. Ein lauer Wind rüttelt am offengelassenen Fenster; und das Licht rennt dem Sommer fort, der keiner war.

Andrej schläft, den honigverklebten Schnuller zwischen Wange und Kissen. Ich mache mir Sorgen um Rita; zumindest die Unterlagen hätte sie vorbeibringen können.

Hans-Peter telephoniert seit einer Stunde, blättert nervös im Adreßbuch. Beruhige dich, Maja muß das Kind stillen, sie wird zurückkommen. Insgeheim streiten sie sich nicht um den Sieg, sondern darum, wer das Opfer ist. Ein erbärmliches Spiel, mit einem noch erbärmlicheren Ausgang.

4

Während sich Rita im Dunkeln auszieht, blickt sie durchs Fenster. Im Garten liegt ein gefällter Baum, dahinter lehnen zwei Fahrräder an der Schuppentür. Es weht ein stürmischer Wind wie vom Meer herauf, ein Pfeifen und Knarren durchbricht die Stille. Sie zieht die Vorhänge zu, tastet sich zum Lichtschalter, stößt gegen eine Stehlampe.

Vino Nobile di Montepulciano, nicht zu verwechseln mit dem Montepulciano d'Abruzzo, wird im Wesentlichen erzeugt aus Prugnolo gentile mit Zusätzen von Canaiolo, Trebbiano, Malvasia. Gut gelernt Rita, sie klopft sich auf die Schulter, schnalzt mit der Zunge, läßt sich aufs Bett fallen. Hinter ihrem Kopf surrt es. Verzeih, hatte sie Maja empfangen, wenn ich dich mit Fischen belasten muß, wir haben leider wenig Platz, und ich kann das Aquarium nicht verstellen. Es seien Zierfische aus Thailand, anspruchslose Schwarmfische, die sich mit zunehmendem Alter immer weniger bewegten.

Rita dreht sich auf den Bauch, liest die Wassertemperatur vom Thermometer ab, greift mit der Rechten nach der Futterdose auf dem Fußboden.

Hans-Peter wird die Fische vergessen, so beschäftigt ist er mit Andrej. Er und Anton haben sich keinen anderen Rat gewußt, als um ein Uhr früh mit dem schreienden Kind ins Landeskrankenhaus zu fahren und in der Geburtshilfestation um Säuglingsnahrung zu bitten. Wäre ich Maja, ich bliebe eine Woche weg, aber sie wird es nicht schaffen, hart zu bleiben. Wer einen solchen Schritt tut, hat mit dem Weggehen schon zu lange gewartet. Von ihr ist jetzt schon nichts mehr zu hören als das, was aus seinem Mund kommt. Er korrigierte sie beim Abendessen, korrigiert ihre Rückfälle ins Leben und wird sie so lange zurechtweisen, bis sie nichts mehr von seinen Vorstellungen unterscheidet. Er schneidet an ihren Sätzen herum wie Ennio an den Rücken- und Schwanzflossen seiner Fische. Und Maja hat bereits gelernt, unter den Filetiermessern zu schweigen, hilft mit, Köpfe von Rümpfen abzutrennen, bis die Sätze ohne Bedeutung sind.

Zebrafische, sagt Rita leise und klopft gegen das Glas. Den wirklichen Namen der Fische hat sie vergessen.

Es wäre schön, wenn sich Enden so ergeben würden wie Anfänge. Ennio war auf dem Ponte rosso mit dem schmiedeisernen Geländer gestanden. Er hat mich angesprochen, als hätte er auf mich gewartet. Ein paar Stunden später trafen wir uns auf dem Campiello Miracoli zwischen der verschlossenen Kirchentür und dem Holzverschlag, der zur Restaurierung der Marienkirche aufgebaut worden war. Er führte mich in die Osteria Ardenghi. Der Wirt war betrunken und verteilte langstielige rote Rosen. Als ich den Wein verschüttete, er über die Tischplatte auf mein Kleid zu fließen drohte, sprang Ennio auf, schob mich zur Seite und faßte die Flüssigkeit mit den Ärmeln ein als wären es Perlen, die dem Rand zurollten. Und das Hemd, fragte ich. Ich kaufe mir ein neues.

An unserem fünften Hochzeitstag fuhr ich übers Flachland, einmal Ebene und zurück. Die Pfirsichbäume blühten, aber der Zug hielt weder in Mirandola noch in Ostiglia. Und ich kehrte heim, obwohl kein Kind zu stillen war. Ich erinnere mich, daß die Läden aufgingen, gegen die Mauer schlugen, daß der Putz bröckelte, als wäre eine Böe aufgekommen. Ein Passant hob den Kopf, und die Nachbarin sah irritiert herüber, weil ihre Wäsche nicht flatterte. Ennio muß lange am Fenster gestanden haben, in der Dunkelheit der Küche, die Augen an der Ritze.

Rita zuckt zusammen, irgendwo knackt das Holz in der Täfelung. Kalter Strumpfgeruch dringt in ihre Nase. Sie steht auf, um den Kleiderhaufen zu verschieben.

Deine Worte sind von ähnlicher Zurückhaltung wie deine Kleidung, hatte Giuliano gesagt und dabei gelacht. Es dämmerte, das Wasser war schon schwarz und die Enten schwammen dem Schilf zu. In ihren Spuren reflektierte der noch helle Himmel. Es gefiel mir, ihm zuzusehen, wie er sich mit der Hand über die Augen strich und gleichzeitig den Mund spitzte, bevor er zu weiteren Erklärungen ansetzte: Daß sowohl Sekt als auch Champagner sprudelten, daß aber ein guter Jahrgangschampagner eine schönere Farbe hätte und sich die Bläschen länger hielten, ganz zu schweigen von seinem nussig-cremigen Bukett. Ob ich schon von Giorgio della Cia gehört hätte, von Michael Broadbent.

Ich werde wieder nicht einschlafen können, als hätte ich Angst davor, übrigzubleiben. Keiner lenkt mich von mir ab, nicht einmal der Wind mit seinem Geraschel und Geknacke.

Einer von den beiden, denkt Rita, hat diese Unart, immer und überall Insekten zu töten, die braun-roten Flecken zu belassen, bis die Wand übersät ist.

Über dem Bett hängen Familienporträts, alte Schwarz-Weiß-Photos von Großmüttern und Großvätern.

Mutter lief immer die Schürze ablegen, sie wollte zumindest auf dem Bild ihre Wünsche verwirklicht sehen. Andererseits machte sie einen Bogen um Geschäfte; sie umging, was ihr nicht notwendig erschien. Sie hatte keinen Zeitgeschmack, die Jahre waren ihr Geschmack; und da sie all die Jahre gleichgeblieben war, hatte sie sich mehr und mehr von den anderen unterschieden. Ich habe sie nie in Modezeitschriften blättern sehen, als hätte sie Angst gehabt, sich darin des Ausmaßes ihrer verpaßten Angleichung gewiß zu werden. Wenn sie uns – alle heiligen Zeiten – einkleidete, handelte sie den Preis herunter, schlug vorher mehrmals den Stoffzipfel um oder brachte den ganzen Ballen nach draußen, weil sie sehen mußte, wie er in der Sonne wirkte, im verstaubten Stadtlicht, weil sie in jedem Stoff hinterhältige Farben witterte, ein Grün, das sich hinterher als Blau herausstellen könnte oder eine schlechte Qualität, die es nicht lohnte, tagelang an der Maschine zu sitzen.

Auf dem Gang sind Schritte zu hören; eine Tür wird geöffnet. Andrej fängt an zu weinen.

Es sind alle noch wach, aber Peter wird schlafen. Mein Puzzle-, mein Herzspiel.

Plötzlich steht Anton im Zimmer. Was ist? Kannst du nicht klopfen?

Denzel ist tot. Zwischen Sarajewo und Tuzla. Vermutlich serbische Heckenschützen.

Viertes Kapitel

1

Hinein ins kaiserliche Jagdrevier, in den Vergnügungspark zu den Wurstln und Thaddädln. Hinein in diese Nacht, in diesen Septemberherbst, von dem man nie weiß, wie er's meint. Zuviel auf einmal.

Ich muß mich bewegen, muß laufen, bis mir der Atem wegbleibt, bis mir der Sauerstoff diese Übelkeit nimmt, die mich schon den ganzen Tag lähmt. Ich muß den säuerlichen Veltliner ausschwitzen, diese scheinheiligen Beileidsbekundungen, die meinen Kopf noch zum Platzen bringen. Wenn ich nur an Mareschs Telephoninterview denke; ich war schon dabei, mich zu verabschieden: Wissen Sie, keiner von uns wird in Kriegsgebiete geschickt, wenn er sich nicht freiwillig meldet. Hätte noch gefehlt, daß er ergänzte: Nur Besonnene und Erfahrene. Alle im Haus wissen, daß es Denzels zweite Auslandsreise war, daß in der Sitzung so lange herumgefragt und Druck gemacht worden war, bis er Ja sagte. Er sprach kein Wort serbokroatisch, kannte das Land lediglich aus früheren Urlaubsaufenthalten in Šibenik und auf der Insel Krk.

Ich werde beschleunigen, bis ich vornüberkippe, das Herz stolpert. Ach Denzel, ich muß mich vergessen, etwas hinter mich bringen, zumindest ein paar Kilometer, ein paar Bäume, die lange Allee. Diesen Hundescheißeslalom. Zu Kaisers Zeiten hatte man's noch gut, da mußten die Köter am Pratertor abgegeben werden.

Warum hast du diesen gebrauchten amerikanischen Stahlhelm nicht aufgesetzt? Warum lag er auf dem Rücksitz?

Sie hätten mich im Zweifel lassen sollen, ein paar Tage, Monate am liebsten, ein wunderbarer Zustand, dieser Schmerz auf Raten, der sich so leicht wegträumen läßt ohne die furchtbare Gewißheit.

Als Mutter gestorben war, gingen Rita und ich zum Fluß hinunter, setzten uns auf die Steine, wie aus uns herausgestiegen, zu jung für den Schmerz, zu alt für die Gleichgültigkeit. Ich erinnere mich an nichts mehr, nur an das eine Bild, das auch in Vukovar plötzlich wiederkehrte, als ich den Granatbeschuß miterlebte: vor uns trieb ein kleines Stück Holz, wurde hineingestrudelt in eine Stromschnelle, kaum noch verfolgbar, der genaue Weg nicht mehr vorhersehbar. Ich wünschte damals, daß es nie wieder auftauchte, um weiterzutreiben, daß es in tausend Stücke gerissen würde.

Was will der Hund von mir, rennt schon die ganze Zeit neben mir her; mit heraushängender Zunge, als wäre er die Strecke schon gelaufen.

Sie begehen so viele Dummheiten, weil sie etwas Besonderes sein möchten, kleine Helden unter Helden, auf Tuchfühlung mit dem Tod. Immer näher und näher. In die Gedärme hinein. Ins aufgerissene Maul.

Dabei war ich selbst mit einer Trans-All der Bundeswehr von Zagreb nach Sarajewo unterwegs, damals mit Christopher, einem amerikanischen, Libanon-erfahrenen Kriegsphotographen. Auf dem Flughafen habe ich einen norwegischen Offizier gefragt, ob man in die Stadt hineinkönne: Aber sicher, wenn Sie sich umbringen wollen.

Vor dem Holiday Inn-Hotel mußten wir mitansehen, wie einer amerikanischen Kamerafrau von einem Heckenschützen der Kiefer zerschossen wurde. Wir reisten sofort ab, drei doppelte Whiskys im Blut. In der fünf Kilometer langen Heckenschützenallee zwischen Stadt und Flughafen schwor ich mir, in Zukunft nur noch über Handkes Spaziergänge zu schreiben.

Es riecht nach Regen, obwohl Sterne zu sehen sind. Ich muß Maria anrufen, sie hat ein gutes Herz, das dürfte reichen. Vielleicht hat die Meierei noch offen.

Geh weg, verschwinde. Such' dir einen anderen Läufer. Ich kann dieses Gehechel nicht mehr hören.

Beim Fischessen hatte er noch gesagt, er möchte nicht als Leiche enden, nur um drei Tage lang unser Kaffeehausgespräch zu sein oder der große Aufhänger für die nächste Nummer. Simonitsch spielt sich jetzt als seine Busenfreundin auf. Sie hat sich sofort angeboten, im Namen der Auslandsredaktion einen persönlichen Brief an die Eltern zu schreiben: Denzel sei ein erfahrener Auslandsredakteur mit einer glänzenden Zukunft gewesen, kein Draufgänger, nett und gebildet. Er habe für sein Blatt keine Sensationen gewollt, nur die Wahrheit.

Aber die Wahrheit ist immer die erste Zielscheibe.

Es gelingt mir nicht, schwerelos zu laufen, ständig gerate ich aus dem Rhythmus, habe zu starken Bodenkontakt. Und die Müdigkeit will sich nicht einstellen.

Die Chefredaktion erwägt eine Titelgeschichte. Es ist nicht zu fassen. Der Graphiker muß eine Nachtschicht eingelegt haben; um zehn betrat er den Sitzungssaal und legte gleich mehrere Entwürfe vor: Denzel blutüberströmt auf einer Decke, neben ihm der weinende Photograph; Denzel als Schattenriß unter einer Zielscheibe. Titel: Tod eines Kriegsreporters. Ich habe mich aufgeregt, aber sie werden trotz Protesten und ohne Wissen der Eltern die Photos abdrucken. Der Chefredakteur schüttelte den Kopf; was ich denn wolle, das sei doch ein gutes Bild. Schauen Sie hin, wie er daliegt. Das rührt doch den Leser. Er wolle Argumente von mir, keine Gefühle.

Letzten Sommer hat er sich beim Ressort-Leiter darüber beklagt, daß meine Sloweniengeschichte schwach sei, die Bilder nicht zu gebrauchen. Ich hatte die Nerven verloren, war abgereist, ohne mich in Laibach nach geeigneten Photos umzuschauen. In der Nähe von Spielfeld war ich mit meinem Mietwagen ahnungslos auf eine jugoslawische Panzerkolonne zugefahren. Im letzten Moment konnte ich das Auto stoppen, im Rückwärtsgang flüchten. Der erste Panzer hatte bereits den Turm gedreht, das Kanonenrohr auf mich gerichtet. Mehrere Soldaten schossen hinterher, ohne zu treffen.

Mir geht die Luft aus. Zweimal waren wir zusammen laufen. Damals blühten die Bäume und er mußte ständig niesen. Im Lusthaus erzählte er von Kratky-Baschik, dem dämonischen Pratermagier, der die Geister beschwor und die schlafenden Sylphiden. Er habe in seinem Zauberpalast, der zur Weltausstellung eröffnet worden sei, alte Damen in junge Mädchen verwandelt. Das wäre doch ein gutes Geschäft.

Ob Hans-Peter noch immer wartet? Auf die Idee, in einer Nachtdienstapotheke Säuglingsnahrung zu kaufen, sind wir beide nicht gekommen. Rita hätte doch in Klagenfurt bleiben können, bis Maja ihre Krise überwunden hat. Sie ist blauäugig genug zu glauben, dieser Aktenkoffermensch würde ihr eine Stelle in einer Vinothek verschaffen.

Ich sollte lockerer laufen; Denzel hat während des ganzen Trainings eine konstante Geschwindigkeit beibehalten. Ich laufe wie ein Anfänger.

Testament, sagte er vor seiner ersten Reise, schreibe er keines. Er sei abergläubisch, abgesehen davon gäbe es nichts zu vererben. Wir saßen mit Marianne im Café Museum, er erkundigte sich ausführlich nach ihrem gesundheitlichen Zustand. Was man ihm einmal erzählt hatte, vergaß er nicht mehr.

Sie streiten sich auch noch darüber, wer die Trauerrede halten soll. Der Chefredakteur lehnte ab, obwohl ihn die ganze Redaktion bestürmte. Er hat andere Sorgen, fürchtet, daß die Zeitung für die Reisekosten der Familie aufkommen muß.

Ich geh' nicht zur Beerdigung, ich bin zu feige, denn in dem Sarg könnte ich genauso liegen.

Fünftes Kapitel

1

Wieder ein Hotelbett, das quietscht. Die Matratze ist ein Trampolin. Maria. Maria.

Die Blonde auf rotem Plüsch, die Beine gespreizt, den Finger im Mund. Zwei, von hinten, über ein Geländer gebeugt, in roten Stiefeln. Die Schwarze auf der Kühlerhaube, die Vollbusige auf Knien. Die Nahaufnahme: die Zunge, die sich hineinbohrt, die lackierten Fingernägel, die sich am Hintern festkrallen. Dann in Brücken-, in Kerzenstellung mit auseinanderfallenden Beinen auf weißem Fell. Ich ziehe ihre Arme weg und greife nach ihren Schenkeln. Maria. Ich liebe dich.

Sie reibt sich jedes Mal, wenn wir miteinander schlafen. Ich genüge ihr nicht. Es ist heiß im Zimmer, als wäre Hochsommer; unerträglich diese Schwüle.

Kann ich das Fenster aufmachen? Sie wird sich umdrehen und weiterschlafen. Es ist ruhig, man hört nur das Plätschern des Wassers im Brunnen. Die Frühstückstische sind gedeckt und in den gläsernen Dessertschälchen schwimmen wie eh und je geköpfte rosa Rosen.

Ich verstehe, daß nichts geblieben ist, nichts bleiben durfte. Die Schnörkel vielleicht und der Buttermond über dem Antennenwald. Ich verstehe, meine liebe Rita, aber ich begreife nicht. Zwei Jahre und keine Silbe, nicht einmal das Verlangen nach lauter Erinnerung. Ich habe es nicht für möglich gehalten. Dann aber deine Schwäche für Jahrestage, für ringförmig Wiederkehrendes, für jenen besonderen Tag, an dem du mit einem Satz alles zur Sprache bringst, ohne daraus einen Gedenktag zu machen, ohne damit Erinnerungen auszulösen, nur ein lakonisches: Jetzt ist es ein Jahr. Jetzt sind es schon zwei Jahre. Das „schon" vor den Jahren und sonst nichts. Keine Neugierde, kein Erzählen, nur dieser einzige Satz einmal im Jahr und mit diesem einzigen Satz wird alles zugedeckt, werden alle zum Schweigen gebracht: Giuliano, Peter, Maria, ich, und wer sonst noch weiß oder gerade mithört. Vater reicht der Sieg und die Gewißheit, daß du nicht mehr unten in Venedig, sondern draußen in Wien bist. Er fragt wieder öfter, wann wir hineinkämen, als wäre das kleine Land eine große Stube, als ließe sich die Kränkung wiedergutmachen mit deiner und meiner Rückkehr. Er weiß nicht, daß du die nächsten Kränkungen vorbereitet hast, daß du mit Giuliano lebst und Peter liebst.

Maria? Sie hört mich nicht, schläft tief, liegt auf dem Bauch und hat den rechten Arm so angewinkelt, daß von ihrem Gesicht nichts zu sehen ist. Ich werde später duschen, vorher einen Spaziergang machen und Zeitungen besorgen. Viel wird dieses Jahr nicht passieren, die 51. Biennale steht ohnehin im Schatten der letztjährigen Jubiläumsausgabe. Nach Zeffirelli könnte die ganze Mostra im Meer versenkt werden; jedes Jahr Kulissenkämpfe und Polemiken, jedes Jahr das gleiche Gejammere um die verlorengegangene Qualität. Daß Altmann seinen neuen Film nicht rechtzeitig fertigstellen konnte, kann man Pontecorvo nicht zum Vorwurf machen.

Wo ist mein Hemd, sie hat's schon wieder verräumt. Ich kann die Socken nicht finden.

Die ersten Deutschen sitzen im Garten und rümpfen die Nase über die schlechte Butter, vor ihnen stapeln sich die Reiseführer. Zumindest bleibt man im Handwerkerviertel von Journalisten und Photographen verschont. Die lauern im Palazzo del Cinema auf Hollywood-Gesichter, stehen Stunden auf dem roten Teppich. Ich weiß nicht, ob ich auf den Lido fahren soll. Die besten Artikel, sagte Pucher unlängst, seien ohnehin die abgeschriebenen. Ich werde mir Amelios und Risis Film im Olimpia-Kino ansehen. Wolfram Paulus interessiert mich nicht und schon gar nicht die TV-Produktion „Martha“ von Fassbinder.

Man macht die Hoteltür auf und tritt auf Stanniolpapier oder Kartoffelschalen; es fehlt ihnen noch immer an einer gut funktionierenden Müllentsorgung. Ennios Großmutter ließ die Säckchen in den Kanal fallen.

Gestern brannte Licht in der Wohnung, aber er wohnt nicht mehr in der Calle Barbaria de le Tole. Auf dem Messingtürschild steht der Name Scarpa, und der Balkon ist vollgestellt mit Pflanzen.

Sonst ist alles unverändert: die Antonio Vivaldi-Schule hinter der hohen Mauer, die Post, die Osteria al Balon, die Pasticceria Fersuoch, in der wir am späten Vormittag unseren ersten Macchiato getrunken haben. Sogar den Eisstand gibt es noch, hinter dem ein Pensionist zum Preis von 300 Lire Ghiaccioli verkauft hat: vom Fenster aus konnte man ihm zusehen, wie er den Sirup mit Wasser mischte und die Flüssigkeit in die vorgesehenen Behälter goß. Seine einzigen Kunden waren die Kinder aus dem Viertel und Rita, die Wassereis liebt. An manchen Tagen, wenn er nicht mehr genug Sirup hatte, soll das Eis besonders stark nach Chlor geschmeckt haben.

Wie ein Voyeur hab' ich mich vor Turchettos Geschäft gestellt und die Fenster beobachtet. Was geht's mich an; Rita ist jetzt glücklich.

Die engen Gassen sehen alle gleich aus und enden alle in einen Campo, vor einer Brücke. Ich tappe im Licht. Wie konnte sie sich nur so schnell und so lange zurechtfinden.

Nur in Wien hat sie sich verirrt, weil sie die Maße Venedigs auf alle anderen Orte, Städte übertragen hat. Sie wollte zu Fuß gehen und verrechnete sich. Was auf dem Stadtplan nach zehn Minuten aussah, war am Ende mehr als eine halbe Stunde Gehzeit. Messingtürschilder, Schaufensterdekorationen, besonders verwahrloste Häuserfronten, Madonnen in Nischen, erzählte sie einmal, hätten ihr in Venedig als Anhaltspunkte gedient. Auf Plätzen, von denen mehrere Gassen abgehen, habe oft die Erinnerung an ein Kleid oder Sakko in einer Auslage, das ihr auf dem Hinweg aufgefallen sei, darüber entschieden, ob sie den richtigen Rückweg einschlug oder nicht. Wien mache sie nervös: die schnelle Aufeinanderfolge von gleichen

Geschäften, Ladenschildern, Reklametafeln, von Leuchtbuchstaben, Plakaten und Litfaßsäulen hätten ihren Orientierungssinn hoffnungslos durcheinandergebracht.

Das Kanalwasser gerät durch ein Boot in Bewegung, wird aufgewirbelt, klatscht laut gegen das Gemäuer. Unter der Brücke schwimmen Gemüsereste. Vielleicht finde ich ihn auf dem Fischmarkt.

Ich soll mich nicht auf ihn einlassen, meinte Maria, als wir gestern das Festland hinter uns ließen und über die Brücke auf die Stadt zufuhren, Verletzte und Gebrochene seien gefährlich, sie wüßten nämlich, daß sie überlebten. Dann blätterte sie wieder in ihrem Buch über die Malerei in Venedig und zeigte auf Giorgiones „Gewitter".

Ein Kilo Moscata. Man sucht nach Kleingeld, und schon haben die Händler die zerdrückten, überreifen Trauben eingepackt, legen die schönen oben drauf.

Lebe hier und sie sind freundlich zu dir, sagte Rita bei einem meiner ersten Marktbesuche. Wenn das Obst zuunterst nicht mehr faul sei, der Salat bis ins Herz hinein grüne, sei es zu spät zum Wegfahren; dann habe man schon Wurzeln geschlagen, sei man akzeptiert worden. Jahre danach war sie anderer Meinung.

Er steht nicht auf seinem Platz, auch nicht in der hinteren Reihe. Auf dem Campo de le Becarie wird ein Stand mit Haushaltswaren aufgebaut. Dieselbe, die jetzt Weine verkostet, für Giuliano Einkäufe tätigt, hätte hier bis an ihr Lebensende Fische verkaufen sollen. Rita hat gut daran getan, die Stadt zu verlassen.

Wieder schreit einer und biegt mit seinem Karren um die Ecke. Dort, wo die Lauben beginnen, liegt eine zerlegte Kartonschachtel, daneben stehen leere Weinflaschen. Auch Boscolo und Minto scheinen nicht mehr hierzusein: neue Gesichter, neue Stimmen.

Auf der anderen Seite des Canal Grande legt die 1er Linie an, und es wird nicht lange dauern, bis die ersten Wellen die Marktseite erreichen.

Komm' doch vorbei, sagte Rita am Telephon, und ich bin vom Büro aus hingefahren, wollte erzählen, daß sie mich dieses Jahr wieder nach Venedig schickten, wollte fragen, ob ich etwas für sie tun könne. In der Vinothek war ein einziger Kunde, der nicht beraten werden mußte, sodaß wir genug Zeit füreinander gehabt hätten. Sie schenkte mir ein Glas Schilcher ein, fragte, ob ich hungrig sei, redete und redete: Giuliano sei in Cormons, der hintere Raum müsse neu gestrichen werden, ob ich eine Aushilfe wüßte, sie käme in den Mittagsstunden allein nicht mehr zurecht.

Jedes seelische Gleichgewicht hat seine feste Ordnung rundherum, wenngleich zumeist nur eine scheinbare, und warum, dachte ich bei mir, sollte ich sie aus dieser langsam wiedergewonnenen Ruhe herausreißen. Es hat sie damals soviel Kraft gekostet, sich von den Gegenständen um sie herum loszusagen, von den Erinnerungsstücken, den Photographien, Deckchen und Vasen, die sie im Laufe der Jahre gesammelt hatte und deren Bedeutungsschwere – wie sich in Wien herausstellte – wir beide unterschätzt hatten.

Sie hätte sich gerne früher verabschiedet, wäre zurückgetreten, auch schimpfend und unter Aufsehen, wenn es nur darum gegangen wäre, Ennio zu verlassen. Aber sie habe an nutzlosen, wertlosen Dingen gehangen, an der Wohnung, die ihr zwar nicht gehörte, auch Ennio nicht, auf die sie sich aber ein Anrecht erwohnt habe, das Recht auf das Wort „zuhause".

Am Abend nach unserer Klagenfurtreise – ich hatte gerade die Turnschuhe angezogen und wollte in den Prater – rief sie mich ins Zimmer; sie weinte nicht, schien aber bekümmert und zu schwach, um aufzustehen: Sie wisse wohl, daß Pia absichtlich nur zwei Wollpullover geschickt habe, sie für eine Betrügerin halte, weil sie bei ihrer Abreise alles Geld an sich gerissen habe. Aber ich hatte doch, sagte sie mit einer immer leiser werdenden Stimme, keine Rückzugsmöglichkeit, kein Heim für den Schmerz. Mit den Jahren kleide man seine Wohnung aus, lege sich selbst hinein; jeder Quadratzentimeter sei eine Vorstellung und eine Hoffnung. Sie sei ins Nichts aufgebrochen und für das Nichts sei Geld doch der kleinste Trost.

Ich werde ein Traghetto nehmen, um schneller ins „Boccassini" zu kommen. Die Zeitungen kaufe ich nachher.

Wenn ich Maria beibringen könnte, daß man auch während des Redens gehen kann, daß ein paar Worte, Sätze nicht Anlaß sein müssen, ständig innezuhalten, könnten es schöne Spaziergänge werden:

auf der Giudecca den Kai entlang von S. Eufemia bis zur Redentore-Kirche und weiter zur Anlegestelle Le Zitelle oder auf der anderen Seite mit Blick auf die Stucky-Mühle. Es war Marianne, die mich aufgeklärt hat, daß dieses hohe Gebäude im Hamburger-Hafen-Stil bis zum Zweiten Weltkrieg Italiens größte Nudelfabrik war und daß „Giudecca" nichts mit einer jüdischen Siedlung zu tun habe, vielmehr die Gefangeneninsel gewesen sei.

Von den zwei Telephonapparaten auf dem Campo S. Apostoli ist der vordere wieder einmal defekt, vor dem hinteren warten zwei Frauen mit Einkaufstaschen; ein Mann bleibt stehen, nimmt den Hörer ab, sieht das Blinken auf der Höhe der Wählknöpfe und schlägt mit der flachen Hand gegen das grellrote Gerät. Es riecht nach Pissoir und ich habe nichts im Magen außer ein paar weiße Trauben.

Wo bist du? Rita, namenlos, zeitlos. Sie haßt Anrufbeantworter, läßt es mich jedesmal spüren. Gewöhnlich meldet sie sich mit einem knappen, leisen Hallo, verbraucht das Band mit Schweigen, bis es sich von selbst ausschaltet. Sie spürt, daß ich hier bin; schon ihre Frage ist verdächtig. Nach zwei Jahren Großstadt weigert sie sich noch immer, die notwendig gewordenen Kommunikationsmittel anzuerkennen.

2

Rita steht hinter der Tür, mustert das Glas, wischt mit dem Ärmel die Fingerabdrücke oberhalb der Klinke weg. Auf der anderen Seite der Straße stellen Arbeiter ein Gerüst auf, befördern durch Flaschenzug Baumaterial in den vierten Stock. Ein Brett prallt gegen die Hauswand, hinterläßt nach dem Aufprall eine ausgebuchtete Stelle, einen weißen Fleck. Sie hört den Vorarbeiter schreien, geht zurück zur Theke und dreht das Radio lauter.

Wenn wir so anders sind, hat Johanna in den Hörer geschrien, dann sag' es heraus, sag', was das andere ist, nagle uns fest. Wenn wir anders sind und nicht auszuhalten, dann bleib', wo dir leichter ist, so leicht, daß du abhebst, daß dir der Boden unter den Füßen abhanden kommt, aber schau' ihn dir gut an, deinen Landeplatz, hörst du, schau, wo du hinfällst nach deinem Höhenflug.

Rita nimmt einen Lappen in die Hand und fährt damit die Adern des Marmors nach. Nachdem sie die Theke abgewischt hat, greift sie zum Telephon und drückt auf die Wiederholtaste.

Wieder nur das Band. Seit zwei Tagen ist er unauffindbar. Als er mich besuchen kam, war keine Rede von einer Dienstreise.

Sie wollen, daß ich zurückkehre, wollen aus mir eine Bäuerin machen, eine, die ihre Winter hinter dem Hackstock im Hof verbringt oder vor der Spüle. Sie wollen mich in der Klaubschürze sehen, in Gummistiefeln unter den Beregnungsanlagen; Bäume soll ich schneiden, den Boden pflügen und fräsen, Äpfel ausdünnen, die einjährigen Schosse und unfruchtbaren Triebe ausschneiden, damit ihre Äpfel genügend Licht und Luft kriegen. An mich denkt keiner. Sie stecken alle unter einer Decke.

Jetzt rächt es sich, daß ich ohne Mitgift geblieben bin, daß ich nicht studiert habe. Anton wird in Ruhe gelassen, für Anton hat Vater Geld ausgegeben, unwillig zwar, aber hoffnungsvoll. Sein Name erfüllt ihn mit Stolz. Wann schreibst du wieder für unsere Zeitung. Er sammelt seine Artikel, ohne sie zu lesen. Nur Investition schützt vor Forderungen und miesen Erpressungen.

Vor der Vinothek hält ein Lieferwagen mit der Aufschrift „Paladini". Rita sucht den Bestellschein, geht zum Fenster und hakt die Waren ab, die der Fahrer auf den Gehsteig stellt. Als die Schiebetür ins Schloß fällt, geht sie nach draußen, unterschreibt und zählt noch einmal die Schachteln.

Vater werde schwächer und schwächer, und jetzt sei Erntezeit. Die Äpfelklauber aus Tschechien hätten abgesagt, Einheimische seien nicht zu finden. Nie hat Johanna angerufen, all die Jahre nicht, kein Besuch, keine Karte.

Wer außer Landes geht, darf nichts erwarten, wer verläßt, hat kein Recht auf Fürsorge. Als ich mehrere Wochen im Krankenhaus lag, erkundigte sie sich bei Anton nach meinem Befinden.

Die Jonathan, bettelte sie in den Hörer, seien längst reif, in zwei Wochen müßten die Golden Delicious von den Bäumen, dann blieben nur noch die Morgenduft im Oktober. Vater könne nicht mehr auf die Staffelei und die Kinder seien in der

Schule. Sie kämpfe seit Jahren darum, daß die veralteten Baumbestände herausgerissen und Jungbäume eingesetzt würden, aber Vater ließe nicht mit sich reden, Vater werde immer eigensinniger, beklage sich in aller Öffentlichkeit beim Platz-Wirt über sein erbarmungsloses Schicksal, daß Mutter keinen Bauer geboren und wir keinen geheiratet hätten.

Ein Stammkunde betritt die Vinothek, stellt sich zum Fensterstehtisch und öffnet Kuverte. Rita schüttet Prosecco in ein Flötenglas und bringt es ihm hin. Von den schwungvoll auf einen Teller geleerten Oliven kollern einige zu Boden, zur gleichen Zeit klingelt das Telephon und die eben hereingekommene Chefsekretärin der Firma Rabitsch steht wieder einmal unschlüssig vor den Brötchen. Als sich Rita nach den schwarzen Oliven bückt, fällt ihr Blick auf die schon etwas abgetretenen Pfennigabsätze und die geschwollenen Knöchel. Gleich, denkt Rita, wird sie mich fragen, ob der Lachs mager sei, ob sie nicht doch besser den Rohschinken probieren sollte; sie wird ihren Zeigefinger auf das saubere Glas drücken und mich von einem Brötchen zum nächsten jagen. Nicht dieses, jenes, nein, das daneben oder doch lieber das in der hinteren Reihe.

Warum bleiben sie nicht allesamt in ihren Wiener Wirtshäusern, bei ihrem G'selchten. Immer unangenehmer werden sie, diese verwöhnten Bürgertöchter, diese Neureichen in ihren maßgeschneiderten Anzügen, mit denen sie von ihren großporigen Säufernasen abzulenken versuchen.

Vinothek Sticotti. Peter, du weißt, daß du mich hier nicht anrufen sollst. Nein, erst in zehn Tagen. Er mußte nach Cormons, dann fährt er weiter in die Toskana. Gut, zwanzig Uhr.

Neulich sei hier Battisti gespielt worden. Die Chefsekretärin lächelt und geht in ihrem zerknitterten Kleid zur Kühlvitrine, um das nächste Brötchen auszusuchen. Der Stammkunde glaubt sich unbemerkt und bohrt in der Nase. Er verzerrt dabei das Gesicht, als würde ihm jemand mit einer grellen Lampe in die Augen leuchten. Rita dreht kurzerhand das Radio ab und beginnt mit dem Öffnen der Schachteln.

3

Maria ist und bleibt eine Lehrerin, kunstbeflissen, rechthaberisch. Ich fahre mit ihr nach San Giorgio, aber sie sieht nur die zwei Tintoretto-Leinwände. Veroneses „Abendmahl", versuche ich sie zu provozieren, gefalle mir besser. Von Veronese gäbe es kein „Abendmahl", nur das „Gastmahl im Hause Levi". Ich schweige und lasse sie allein. Der Aufzug zum Campanile ist außer Betrieb. Das Benediktiner-Kloster, höre ich einen Mönch sagen, werde bald geschlossen. Ab Oktober seien sie nur noch zu zweit. Da sie über das Eintrittsgeld zum Turm nicht mehr verfügten und das Ministerium nicht mehr als 900.000 Lire im Jahr zuschieße, bleibe ihnen keine andere Wahl, als sich in einem anderen Kloster um Arbeit zu bemühen.

Mit Marianne war ich selten in Kirchen und Museen, nur einmal besuchten wir die Galerien der Accademia. Sie mischte sich unter eine französische Reisegruppe, wiederholte, faßte zusammen: Man hätte Veronese nach Fertigstellung des „Letzten Abendmahles“ wegen seiner üppigen dekorativen Phantasie der Häresie bezichtigt. Anstatt die Figuren zu überarbeiten, habe er lediglich den Titel des Gemäldes geändert. Wenig später tat ich es ihr gleich, stellte mich neben einen italienischen Geistlichen, aber anstatt etwas über Tizian zu erfahren, wurde ich gefragt, ob ich bezahlt hätte. Ich schüttelte den Kopf. Dann hätte ich auch kein Recht zuzuhören.

Von elf bis Mitternacht sitzen sie vor der Kinoleinwand, verlassen mit Kaninchenaugen die Sala Grande und schreiben fleißig Zusammenfassungen, während ich vor der Basilika die Sonne genieße und mich über Maria ärgere. Sie nimmt keine Rücksicht, liest in ihren Führern, ich muß warten. Aus jeder Reise macht sie einen Fortbildungskurs. Nur wenn sie betrunken ist, läßt sie sich gehen, knöpft mein Hemd auf, wühlt sich in mein Brusthaar. Letzte Nacht drückte ich sie gegen einen stillgelegten Brunnen, aber sie entwischte laut lachend, klapperte auf ihren Stöckeln davon. Ich hörte plötzlich ein unverständliches Gemurmel, ging der Stimme nach und sah am Beginn der Lauben einen Deckenhügel. Wo am Morgen der Karton gelegen hatte, bewegte sich etwas, schaute eine Hand heraus, tastete über den Steinboden, um sich zu vergewissern, ob die Flaschen noch da seien, dann verschwand sie wieder. Der Körper schien sich unter dem Wulst aufzubäumen. Erst als Ruhe eingetreten war, sank der Stoffhügel langsam ab.

Nicht eine Zeile Filmkritik in den Lokalblättern, dafür sorgt Marlon Brando mit seiner Autobiographie für einen kleinen Skandal: Festivalchef Pontecorvo sei zwar abgesehen von Kazan und Bertolucci der beste Regisseur gewesen, mit dem er gearbeitet habe, aber ein Rassist. Er habe immer eine Pistole bei sich getragen, sogar damit gedroht, ihn zu erschießen.

Maria nimmt mir die Zeitung aus der Hand, setzt sich neben mich. Küß mich. Dann steigt sie aus den Sandalen und massiert die geröteten Zehen. Soll ich dich ins Hotel bringen? Sie antwortet nicht, behält einen Mann im Auge, der sich von der Anlegestelle kommend der Kirche nähert. Als er an ihr vorbeigeht, dreht sie sich ungeniert nach ihm um. Er ist's. Wer? Fraul, der Burgschauspieler. Das ist doch kein Grund, ihn hemmungslos anzustieren. Sie zuckt mit den Schultern, springt auf und schlüpft in ihre hautfarbenen Leinensandalen. Rennst du ihm jetzt nach? Die Sirene eines Ocean Liners, der gerade ins Markus-Becken einfährt, übertönt ihr Gelächter. Sie zieht mich hoch und beißt mich ins linke Ohrläppchen. In der Ferne, über den Inseln, ballen sich Wolken und der riesige Dampfer versperrt die Sicht zum Dogenpalast.

Es war nicht anders zu erwarten, Pontecorvo, der Hollywood von der Leinwand verbannt wissen wollte, steht Abend für Abend in der Sala Grande und wartet auf die Stars, manchmal vergeblich, wenn sie wie Jack Nicholson auf Anraten seiner Bodyguards den Hintereingang benützen. Wen interessiert's. Gegen Ende macht sich wie jedes Jahr die Filmmüdigkeit breit, die Restaurants füllen sich und die Carabinieri verlieren nach und nach an Haltung, verstecken auch abends noch ihre Augen hinter den verspiegelten Sonnenbrillen.

Ennio scheint die Stadt verlassen zu haben; Pia will ich nicht anrufen, seit über einem Jahr hat sie sich nicht mehr gemeldet. Auch in der Osteria „Da Pinto" war er nicht, den halben Vormittag hab' ich mich hineingestellt, zum Ärger von Maria, die sich unbedingt die Impressionisten-Ausstellung im Correr ansehen wollte.

Der Nachtwächter steckt Kontrollzettel in die Türritzen, verscheucht eine Katze, die sich hinter einem Eisengitter verkrochen hat. Fensterläden werden zugemacht, bei Rialto legt ein Vaporetto an, der Motor wird lauter, die Wellen klatschen gegen die Fundamente, schwappen über den Rand. Und das Salz frißt sich ins alte Mauerwerk. Tagsüber legen sich die Schwaden aus den Industrieschloten von Porto Marghera über die Stadt, verwandeln nach und nach den Marmor der Kirchen und Paläste in wasserlöslichen Gips.

Venedig, erzählte Ennio während eines Essens im „Ardenghi", sinke ab, weil für den Industriebedarf die artesischen Brunnen leergepumpt worden seien; Hafen- und Fabrikanlagen habe man rücksichtslos in den Lagunensand gebaut. Er konnte sich nicht mehr beruhigen, zog über den

Staat her, drohte den Politikern und Mafiosi die Kehle durchzuschneiden, falls er seiner Existenz beraubt würde. Seine größte Sorge waren die Tanker, die in Mestre-Marghera gelöscht werden.

Hier, an diesem Kanal, – oder war's weiter drüben –, hatte ich mit Rita eine Auseinandersetzung. Die Sturmnacht hatte mehrere Boote mit Wasser gefüllt und am Ende sinken lassen, auf der anderen Seite war durch ein in den Kanal gestürztes Gerüst die rechte Fahrspur blockiert worden. Ich bat sie nachzugeben, Vater zu besuchen. Er feierte damals seinen sechzigsten Geburtstag. Sie lehnte ab, sagte, sie würde nur fahren, wenn er sich bei ihr entschuldigte. Ein halbes Jahr später startete Vater einen Versöhnungsversuch, er lud sie beide ein. Sie aber kam ohne Ennio, weil sie angefangen hatte, sich für ihn zu schämen, ihn fallen zu lassen, obwohl es zu jenem Zeitpunkt noch ein leichtes gewesen wäre, ihn aus seinen depressiven und verwirrten Zuständen herauszuholen.

Sie konnte nicht anders, mußte den Anschein ihres Glücks aufrechterhalten bis zuletzt.

Es zieht mich hin, ich bin schon wieder am Fischmarkt, dabei wollte ich in die andere Richtung; an jeder zweiten Ecke ist die Birne kaputt, und die Gassen sind menschenleer.

Angst kannte Rita keine. Ein Schrei, sagte sie, und rundherum wachten alle auf. Die Sicherheit bezahle man jedoch mit Indiskretion: was nach innen dringe, dringe auch nach draußen; es gäbe Liebesgestöhnbrücken, Streit- und Schnarchgassen. Im Sommer habe sie schon auf der Höhe der

Schule gewußt, ob Ennio schlafe oder nicht. Am Ende sei ihr sogar der Gedanke gekommen, ihm einen mit Äpfel ausgestopften Büstenhalter auf den Rücken zu binden, damit er, wenn er sich wieder umdrehte, von dem unangenehmen Druck geplagt, entweder aufwachte oder sich im besten Falle wieder zurück auf den Bauch rollte.

Denzel hat die Stadt nie kennengelernt. Als er mich begleiten wollte, schickten sie ihn nach Tuzla.

Früher ist Pucher selbst gefahren; Rom und Venedig durfte ihm keiner streitig machen, bis ihm die Chefredakteure mitteilten, daß ich aufgrund meiner Sprachkenntnisse bei zeitlich begrenzten Interviews zweimal so viel aus meinem Gesprächspartner herausholen könne, weil ich keinen Dolmetscher brauchte. Monatelang behandelte er mich wie seinen persönlichen Feind.

Er ist noch da, als wäre er nie aufgestanden, wirft sich unruhig von einer Seite zur anderen. Ich hätte untertags herkommen sollen, sie lassen ihn bestimmt nicht liegen. Mittags wird der Boden von Fischresten freigespritzt. Als ich mit Maria in der Osteria war, ist mir nicht eingefallen, einen Blick unter die Lauben zu werfen.

Er streckt sich, lallt leise in den dunklen Stoff. Der Stimme nach könnte er's sein. Ich schleiche an ihm vorbei, stütze mich an einer Säule ab, verfolge seine Bewegungen. Er hat sich die Decke wieder über den Kopf gezogen, nur die Schuhe schauen heraus. Wie soll ich ihn an diesen gedämpften, heiseren Tönen erkennen. Ich muß näher an ihn heran. Jetzt stöhnt er, ein Zucken geht durch seinen

Körper. Er streckt eine Hand ins Freie. Das Laternenlicht ist zu schwach. Wo ist mein Feuerzeug. Der Hemdknopf am Handgelenk ist offen, Sehnen und Blutgefäße treten hervor. Vielleicht war's die andere Hand. Ich erinnere mich nicht mehr. Langsam gewöhnen sich meine Augen an das Flackern, der Daumen wird heiß. Ich beuge mich tiefer. Da ist sie, die Narbe, kaum sichtbar zieht sie sich durch seine starke Körperbehaarung quer über den Handrücken, mündet in den Daumenballen.

Maria liegt nackt auf dem Bett. Ich sitze wortlos in meinem Traum, verteile mit meinen Füßen den weißen Kies, schütte Bremsspuren zu. Eine fremde Frau bedrohte mich mit einer Schußwaffe. Wir stapften hintereinander im Sand, schnurgerade, in einem von Tritten festgestampften Pfad, keine drei Meter vom Wasser entfernt.

Was hast du? Wenn ich lüge, höre ich mich sprechen, ich versuche herauszufinden, ob sich die Unwahrheit im Tonfall verrät. Ich bin gleich zurück, pack' du inzwischen die Koffer. Sie fragt nicht, ist damit beschäftigt, ihre gespaltenen Haarspitzen auszusortieren. Ich bin befreit, schlüpfe in die Jeans, streife mir einen Pullover über und verlasse das Hotel.

Ich habe ihn wahrgenommen, wie ihn alle wahrnehmen, habe im Hinsehen weggesehen, habe das Weite gesucht, mich augenblicklich weggestohlen. Obwohl Nacht war, hatte ich Angst, man könnte mich entdecken: Das ist der Bruder der Frau dieses Mannes. Ich konnte ihn nicht akzeptieren, lief davon, setzte mich zu den Katzen vor die Marktkirche. Doch damit war es nicht zu Ende: das Bild entwickelte sich weiter, es entstand erst, als ich ihn zu vergessen versuchte. Ich konnte ihn nur noch als das, was ihm im Vergleich zu anderen fehlt, was ihm nach meinem Ermessen abgeht, im Kopf behalten. Ich bin mit seinen Löchern weitergegangen, habe sie mit Mitleid gefüllt, habe eine Zigarette angezündet, Felle gekrault. Rauchend habe ich die schadhaften Stellen ausgebessert, die Speisereste aus seinem Bart gepflückt. Wenig später, auf der Brücke, habe ich ihn hinübergedacht ins Leben der anderen. Dort bin ich mit ihm Essen gegangen, ausgiebig und unmäßig, aber nicht der Rede wert. So habe ich ihn auf unsere Seite verpflanzt, habe ihn in meinen Anzug gezwungen und er ließ sich sagen, was sich gehört, hatte, eingekeilt zwischen Tisch und Wand, gar keine Möglichkeit, sich meinen Anweisungen zu entziehen.

Auf der Rialto-Brücke zwänge ich mich zwischen zwei Müttern mit Kinderwägen durch und stolpere; sie kreischen, ich fluche. Das Marktgeschrei wird lauter; ich treffe unabsichtlich einen verlorengegangenen Apfel und schieße ihn gegen das Tischbein eines Blumenstandes.

Unter den Lauben, wo ich ihn vermute, liegt wieder nur der Karton, darauf, zusammengelegt, die Decke. Ich bin enttäuscht, trete hinter der Säule hervor und betrachte eine Meerspinne, auf der sich das Preisschild im Rhythmus ihres Gezappels auf und ab bewegt. Die Waren werden noch aufgebaut, die Kisten geleert. Da sehe ich ihn: er steht auf dem Brunnendeckel und schweigt. Niemand nimmt Notiz von ihm, als stünde er täglich dort. Er schwankt nicht, betrachtet versunken den Eingang der Metzgerei Cosmo. Ich gehe über den Platz, stelle mich vor die Auslage in sein Blickfeld. Er reagiert nicht. Erst als sich eine Frau zu weit dem Brunnen nähert, bricht er in leises Schimpfen aus, das lauter und lauter wird, obwohl sie längst in die nächste Gasse eingebogen ist, unsichtbar für ihn und die anderen, die sich nun doch – aufgerüttelt von seinem Gebrüll – kurz umdrehen, als suchten sie nach Gründen für seinen Ausbruch, nach einem Schuldigen. Ein kleiner, untersetzter Händler ruft ihm etwas zu, bevor er sich bückt, um die Waage auf den Tisch zu heben. In der hinteren Reihe taut einer Kalamare auf, er hört nichts, hält den Wasserschlauch mit beiden Händen fest und spritzt in die Kiste.

Ennio. Ich nähere mich ihm. Er sieht mich nicht, schaut durch mich hindurch. Sein Bart ist an manchen Stellen weiß, unter den Augen haben sich tiefe Falten in die Haut gegraben. Ich versuche es lauter: Ennio. In diesem Moment erreichen Passanten den Platz, man hört Gelächter, eine helle Stimme, die sich von den anderen abhebt. Zwei Männer verschwinden im Lebensmittelgeschäft, ihre Frauen warten vor dem Interpress-Photo-Laden. Ich sehe, wie er zusammenzuckt, den Mund spitzt. Die Hände nesteln an den Hemdknöpfen, ohne sie zu öffnen oder die obersten zuzumachen. Begleitet von heftigen Kopfbewegungen spuckt er auf dem Brunnen stehend in alle Richtungen, dreht sich mehrmals um die eigene Achse. Er atmet hörbar. Ich weiche zurück, aber er trifft mich; am linken Ärmel glänzt es naß. Ein Pensionist, der seinen Hund ausführt, macht einen Bogen um ihn; er scheint ihn zu kennen, dreht sich nicht nach ihm um. Bevor ich weggehe, kaufe ich bei „Da Pinto" zwei Flaschen Wein und wickle sie in die Decke.

Auf der Rialto-Brücke lehnen sich die Frühaufsteher an das Geländer, schießen Photos. Ich bleibe stehen, verschnaufe. Unter mir steuert ein Gondoliere durch den Berufsverkehr auf die andere Seite des Canal Grande. Rita stieg in keine Gondel. Die Rattenperspektive interessiere sie nicht, sagte sie zu Marianne. In Wirklichkeit wollte sie als Venezianerin gelten, und Venezianer steigen nicht in Gondeln. Sie verbot es sich, ließ keine Neugierde aufkommen, liebte es aber, in den gondelähnlichen Traghetti über den Kanal zu setzen, hatte auch bei stärkerem Seegang einen festen Stand und ein müdes Lächeln für jene, die ängstlich nach Halt suchten oder sich gar hinsetzten. Und wie lange hat sie das rollende R geübt, das bei jeder kleinsten Erregung verräterisch nach hinten rutschte. Ihre Unsicherheit war anfangs so groß, daß sie es in Gesellschaft vorzog, sich mit ihrem verheirateten Namen vorzustellen.

Die Salizzada S. Giovanni Crisostomo ist inzwischen belebt; die Insel-Pendler, die über die Fondamente Nuove die Stadt erreichen, verteilen sich erst auf dem Campo S. Bartolomeo. Dort, wo ich einen Buchladen erwarte, werden jetzt Tischdecken, Krawatten und Tücher verkauft. Ich brauche ein schnelles Geschenk für Maria, um meinen Morgenspaziergang zu rechtfertigen. Während ich die Zipfel der aufeinandergelegten Seidenschals zurückschlage, erschrecke ich: Ennio hat mich zwar angespuckt, aber er hat mich nicht getroffen.

Beeilen Sie sich, ein Stück Papier reicht. In einer Stunde geht mein Zug.

Ich trete auf die Gasse, über mir, der hellblaue Streifen, wird heller und heller. Beinahe hätte ich das Wichtigste vergessen – Denzel hätte mich damit in sein Anekdoten-Repertoire aufgenommen –; beim nächsten Zeitungsstand verlange ich nach den großen Tages- und Wochenzeitungen, suche auf der Titelseite des Lokalblatts nach den Siegern: junge, unbekannte Autoren aus Taiwan und Mazedonien wurden ex aequo mit dem Goldenen Löwen ausgezeichnet, Amelio mußte sich mit dem Regiepreis zufrieden geben. Ein Sieg der ausgleichenden Gerechtigkeit.

Wo warst du? Sie macht ein langes Gesicht, zieht die Augenbrauen vorwurfsvoll nach oben. Hast du ihn gefunden? Ich schiebe das Schälchen mit den Rosenköpfen zur Seite, reiche ihr das Paket über den Tisch. Als sie mit dem Entfernen des Papiers beschäftigt ist, nehme ich meine Stimme zusammen und sage wie beiläufig: Er ist weggezogen. Sagt man.

Deshalb hat Anton in der Vinothek herumgedrückt, mich beäugt. Ist etwas? Nein, nein. Ich bin müde. Wo ist Giuliano? Deshalb sollte ich erzählen, damit er schweigen konnte, nicht lügen mußte. Schon als Kind verstand er es abzulenken, Zufälligkeiten in den Vordergrund zu rücken. Zerriß er sich beim Klettern das Hemd, gab er in der Küche eine Vorstellung und imitierte den Sprachfehler des Nachbarn oder bestrich Maikäfer mit weißem Lack, behauptete, sie seien Königinnen. Immerzu fragte und fragte er, fielen ihm keine Fragen mehr ein, sprang er von hier nach dort und weiter, sodaß am Ende keiner mehr wußte, worum es ging. Abschweifung, sagte er einmal in einem anderen Zusammenhang, sei Schonung, Seelenschonung.

Maja habe die Scheidung eingereicht und verzichte auf das Kind. Ausgerechnet jetzt sei Hans-Peter allein, die Verheiratete habe einen Jüngeren gefunden. Er sah mich vorwurfsvoll an. Peter ist ein Tabu, Peter nimmt er absichtlich nicht zur Kenntnis. Er trank den Schilcher in gierigen Zügen, sah mich an, als wolle er mich schon wieder fragen, wie ich mir meine Zukunft vorstelle.

Mutter sah keine Zukunft, Mutter sah, was noch zu tun war, hängte in Gedanken Vorhänge ab, holte Spinnweben von den Wänden, schabte abgesplittertes Mauerwerk mit einer Spachtel glatt und wischte gleich danach den Boden sauber. Es reicht mir, denkt Rita, daß ich dieses Gefühl habe, es käme etwas Neues auf mich zu; allein diese Erregung, dieser Anfang von allem und nichts, den ich mir vornehme, dem ich entgegensehe, ist genug.

Er war dort. Das war es also, nicht sein heimlicher Wunsch nach meiner Rückkehr. Vater, sagte er, sei kein Thema. Ich solle mir endlich einen Anrufbeantworter kaufen, dann blieben mir Johannas Jammereien erspart.

Anton leidet nicht, er notiert. Was er niederschreibt, schreibt sich in mir fest, verursacht mir Kopfzerbrechen.

Er quälte mich, ließ mich zappeln. Anstatt endlich von Ennio zu erzählen, verließ er das Telephon, um sich eine Zigarette zu holen. Marias Schwester suche ein Zimmer. Sie habe ihre Vermieterin dabei ertappt, wie sie die Preisschilder aus ihrem Papierkorb herausfischte, ihre Ausgaben zusammenrechnete.

Wie angewiesen war ich auf seine Worte. Wären wir uns gegenüber gesessen, ich hätte ihn mit meinen Augen dazu gebracht, die Tage zu erzählen, die Erinnerung auszupacken, Stunde für Stunde alles auszubreiten; er wäre mir nicht entkommen. So aber zwang er mich, den Hörer festzuhalten, hineinzuatmen und zu warten. In der Küche pfiff der Teekessel, ich ließ ihn pfeifen, sogar als das Klopfzeichen kam und er aus der Leitung stieg, mich sitzen ließ mit meiner Angst, mit meiner Hoffnung, mit meinem Verdacht.

Jahre habe ich nicht mehr hinfahren können, meine Sehnsucht portionsgerecht zerstückelt. Fast wäre ich an meinen Ansprüchen zugrunde gegangen. Auch an ihnen. Vor allem an ihnen.

Und plötzlich war es ausgestanden. Er fuhr fort, erzählte endlich, daß er ihn gesucht habe, daß er nicht mehr in Venedig lebe, andere die Wohnung bewohnten, andere an seinem Tisch stünden und Fische verkauften.

Rita öffnet die Augen, sieht auf die Uhr, dann zum Fenster. Die ältere Dame im Eckplatz schläft mit offenem Mund. Die Lichter der Häuser und Straßen von Mestre dringen mehr und mehr durch die Spiegelungen der Scheibe. In diesem Augenblick fällt die Beleuchtung aus. Rita hört, wie Peter das Buch zuschlägt, laut Atem holt. Als es wieder hell wird, steckt eine Frau den Kopf zur Tür herein und verschwindet wieder, nachdem sie bemerkt, daß sie sich im Abteil geirrt hat.

Du hast geschlafen? Ein wenig.

Peter steht auf, steigt vorsichtig über die ausgestreckten Beine der Dame und setzt sich neben Rita. Er küßt ihre Schulter, den Arm, legt seinen Kopf in ihren Schoß.

Gleich, sagt Rita, verlassen wir das Festland.

„Ali di pollo, punta di petto, trippa, arrosti“ – Hühnerflügel, Hühnerbrust für die Suppe, Kutteln, Bratenfleisch

Amelio, Gianni – ital. Filmregisseur, bekanntgeworden durch *Gestohlene Kinder,* 1994 Regiepreis bei der Biennale in Venedig für *Lamerica*

Battisti, Lucio – ital. Sänger und Liedermacher; bekannt geworden durch *Bella Linda* und *Non è Francesca*

Bucintoro – Dogengaleere

Buranello – süßes Gebäck, benannt nach der Insel Burano, wird mit Rotwein als Nachspeise serviert

calle – Gasse, ehemals ungepflastert

campo – kleiner Platz

„Die zweite Heimat“ – *26stündiger* Film von Edgar Reitz; lief bei der Biennale 1992 außer Konkurrenz

Fondamenta – gemauertes Ufer, Uferstraße

ghiacciolo – Wassereis

Identitätskarte – Personalausweis

Il Sole 24 Ore – ital. Wirtschaftszeitung

Lido – Strand, speziell Venedigs Badestrand

littorina – Triebwagen

macchiato – starker, kleiner Kaffee mit wenig Milch

Malbech – Rotwein aus Venetien

Melange – eine Mischung aus gleich viel Milch und Bohnenkaffee

minigonna – Minirock
„*mio tesoro, mio amore*“ – „mein Schatz, mein Liebling“
moscata – Muskatellertrauben
MSI – (bis 1994) Abkürzung für *Movimento sociale italiano* (neofaschistische Partei)
osteria – Wirtshaus, Schenke
Pitura freska – venezianische Musikgruppe, spielt eine Mischung aus Reggae und Rock; wurde bekannt mit der Platte *'Na bruta banda* (1991)
Pontecorvo, Gillo – ital. Filmregisseur, Direktor der Film-Biennale in Venedig
Portoghesi, Paolo – Architekt, Präsident der Biennale in Venedig
Risi, Marco – ital. Filmregisseur, 1994 bei der Biennale in Venedig vertreten durch *Il branco*
salizada – Gasse; ehemals im Gegensatz zur *calle* gepflastert
salotto – Wohnzimmer
Sandlerin – Pennerin
Schilcher – Roséwein aus der Weststeiermark
sotoportego – Tordurchgang
Sylphiden – Luftgeister
Thaddädln – Dummköpfe, Tattergreise; komische Figuren der Altwiener Posse
traghetto – gondelähnliche Fähre, die zum Überqueren des Canal Grande benützt wird
vaporetto – Wasserbus, kleines Motorschiff
Waalwasser – Wasser aus Bewässerungsgräben
Wecken – länglicher Brotlaib

Sepp Mall
Wundränder
Roman
HAYMON taschenbuch 75
ISBN 978-3-85218-875-1
176 Seiten, 11,4 x 19 cm
€ 9.95 / SFr 15.90

Die berührenden Schicksale zweier Familien zwischen den Fronten des Südtiroler „Freiheitskampfes“: Mall erzählt abwechselnd aus der Perspektive eines kleinen Jungen, dessen Vater aus für ihn unerklärlichen Gründen verhaftet wird und später auf mysteriöse Weise ums Leben kommt, und aus der Sicht einer jungen Frau, deren sprachgestörter Bruder Opfer eines missglückten Bombenattentats wird. Auf diese Weise zeichnet er das dichte Bild einer Zeit, die bis in intimste Bereiche hinein von der Frage bestimmt war, mit welchen Mitteln man sich gegen tatsächliche oder vermeintliche staatliche Unterdrückung zur Wehr setzen dürfe – ein Thema, das nichts von seiner Brisanz und Aktualität verloren hat.

Alois Hotschnig
Ludwigs Zimmer
Roman
HAYMON taschenbuch 53
ISBN 978-3-85218-853-9
136 Seiten, 11,4 x 19 cm
€ 9.95 / SFr 15.90

Von seinem Großonkel erbt Kurt Weber ein Haus an einem See in Kärnten – und mit diesem Haus zugleich auch die Spuren der Vergangenheit, die sich darin eingeschrieben haben. Kurts Erkundungsgänge durch die Räume der alten Villa werden ihm zu einer Reise, die ihn nicht nur in die verdrängte Geschichte seiner Familie führt, sondern auch tief hinein in sich selbst. Alois Hotschnig erzählt in *Ludwigs Zimmer* ein Kammerspiel von ungeheurer Intensität, das sich als Familiendrama und Geschichtsroman ebenso lesen lässt wie als düster-schöne Schilderung einer Selbstfindung und Selbstzerstörung.